こぼれ萩

立場茶屋おりき

今井絵美子

時代小説文庫

角川春樹事務所

目次

芙《ふ》蓉《よう》の涙

「おりきさんよォ、今し方、面白《おもしれ》ェ光景を目にしたぜ！」

亀蔵《かめぞう》親分が帳場に入って来るなり、悪戯《いたずら》っ子のように片目を瞑《つぶ》ってみせた。

尤《もっと》も、芥子粒《けしつぶ》のように小さな目をした亀蔵のことであるから、片目を瞑ったのかどうかは定かではないが、片頬《かたほお》が上下に動いたところを見ると、やはり、茶目っ気を出したのに違いない。

今宵《こよい》の泊まり客のことで大番頭の達吉《たつきち》にあれこれと指示を与えていたおりきは、留《とめ》帳《ちょう》から目を上げ、おいでなさいませ、と頭を下げた。

「おっ、邪魔《じゃま》かえ？」

亀蔵はそう言ったが、出直す気などさらさらないとみえ、長火鉢《ながひばち》の傍《そば》まで寄って来ると、どかりと胡座《あぐら》をかいた。

おりきが頬を弛《ゆる》める。

「いえ、丁度、打ち合わせを済ませたところなのですよ。あらまっ、大層な汗ですこと……。余程、急いで見えたようですね。では、おみのに冷たい麦湯《むぎゆ》を持たせましょう」

「いや、熱い茶を貰《もら》おうか。暑いときにはこれに限るからよ」

そう言うと、腰から手拭《てぬぐい》を引き抜き、額や月代《さかやき》を拭《ぬぐ》う。

「今日は格別蒸《む》しますものね。それで、面白い光景とはなんでしょう」

おりきが茶筒《ちゃづつ》の蓋《ふた》を開けながら訊《たず》ねる。

亀蔵はくくっと肩を揺《ゆ》すった。

「親分が思い出し笑いをするたァ、こりゃ、よっぽど面白《おもしれ》ェ光景とみえますすな」

達吉が留帳を片づけながら、亀蔵を窺《うかが》う。

「おっ、それそれ……。今し方、行合橋《ゆきあいばし》の袂《たもと》で誰に出会《でくわ》したと思う？」

亀蔵が仕こなし顔でにたりと笑う。

「誰って……」

「親分、狡《ずる》いや！　焦《じ》らさねえで言って下せえよ」

再び、亀蔵はくくっと肩を揺らした。

「驚くなかれ、幾千代姐《いくちよねえ》さんよ！」

やれ、つがもない……。

さんざっぱら持って廻《まわ》った言い方をして、出会したのが幾千代とは……。

おりきも達吉も、拍子抜《ひょうしぬ》けしたような顔をした。

「おっ、おめえら、今、つがもねえって顔をしやがったな? 話は最後まで聞けっつゥのよ。おめえら、幾千代が一体《いってえ》どこに行って来たと思う? 願行寺《がんぎょうじ》だぜ、願行寺! それもよ、常から、あちしは迷信《めいしん》なんて信じない、占い、願掛《がんか》けに遣《つか》う金があるのなら、そこいらの物乞《ものご》いに施《ほどこ》しをしてやったほうがまだましだ、と息巻《いきめ》ェてたあの幾千代がだぜ、しばられ地蔵《じぞう》に詣《まい》り、ご丁寧《ていねい》にも、地蔵の首を持ち帰《けえ》ってるんだからよ。俺《おり》ャ、思わず目を疑ったぜ!」

亀蔵は鬼の首でも取ったかのような言い方をした。

「幾千代さんがしばられ地蔵の首を……」

「成程《なるほど》、そいつァ、ちょいとした見ものでござんすね」

おりきと達吉が顔を見合わせる。

しばられ地蔵というのは、南本宿《みなみほんじゅく》の願行寺地蔵堂《じぞうどう》に安置《あんち》されている地蔵のことで、地蔵の身体《からだ》を縄《なわ》で縛《しば》りつけると、苦悩《くのう》や痛みを肩代《かたが》わりしてくれるという言い伝えがあった。

しかも、この地蔵の首はすっぽりと外《はず》れる仕組みになっていて、この首を願掛けをする者が持ち帰り、祈願《きがん》が叶《かな》うと首を二つにして奉納《ほうのう》する。

　そのため、地蔵の周囲《まわり》には奉納された幾《いく》つもの首が並んでいて、見ようによってはおどろおどろしくも思えるのだった。

　その地蔵の首を幾千代が持ち帰っていたというのであるから、珍事中夭《ちんじちゆうよう》（大きな出来事）とまでいかないまでも、亀蔵が耳こすりしたくなるのも頷《うなず》ける。

「幾千代姐さんがしばられ地蔵の首をねえ……。こりゃ、たまげたぜ！　けど、一体《いってえ》、姐さんはなんのために願掛けを……。あっ、そうか、幾富士《いくふじ》のことか！　確か、幾富士は臨月《りんげつ》で、いつ赤児《やや》が生まれてもおかしくはねえ……」

　達吉がおりきを横目に窺う。

「ええ、七夕《たなばた》の頃と聞いていますが、あら、そうなると、もう三日も過ぎていますわね」

　おりきが心配そうに眉根《まゆね》を寄せる。

「なに、初産《ういざん》ってもんはそんなもんでよ。こうめがみずきを産んだときも、四、五日遅れたから、心配《しんぺえ》にゃ及ばねえ」

　亀蔵が訳知《わけし》り顔をする。

「けれども、幾富士さんの場合は妊娠中毒症《にんしんちゆうどくしよう》になりかけていて、素庵《そあん》さまに診《み》てもらっているそうですからね。お腹の中であまり赤児《やや》が育ちすぎると、お産に障《さわ》りが出るのでは……」

「ああ、それで読めた！　幾千代姐さんはそれを案じて、しばられ地蔵に願掛けをしてたんだ。そうでなければ、迷信を嫌《きら》う姐さんが、地蔵の首を持ち帰るわけがねえ……」

達吉が目から鱗《うろこ》が落ちたといった顔をする。

「言われてみれば、そりゃそうだ。してみると、俺ャ、ひょっくら返《けえ》しちゃいけなかったってことかよ……。幾千代にしてみれば、背に腹は替えられねえと、清水《きよみず》の舞台から飛び下りる想《おも》いだったんだろうからよ」

「そうですわよ、親分。それに、幾千代さんね、幾富士さんの帯祝《おびいわ》いには、わざわざ三田《みた》の水天宮《すいてんぐう》まで脚《あし》を伸ばし、岩田帯《いわたおび》を貰ってきたそうですのよ」

おりきが亀蔵を諫《いさ》めると、亀蔵はへっと肩を竦《すく》めた。

「幾千代の奴、てめえが出来なかったことのすべてを幾富士にしてやろうって腹なんだな。さしずめ、お袋にでもなったつもりでいるんだろうて……。けどよ、それなら、いっそのやけ、朝日地蔵《あさひじぞう》にも詣ればいいんだ。安産、子育てのご利益《りやく》があるというからよ」

「あら、とっくに詣られましたわよ」

おりきは澄ました顔でそう言うと、亀蔵に茶を勧《すす》めた。

亀蔵はひと口茶を啜《すす》ると、相好《そうごう》を崩《くず》した。

「美味《うめ》ェ……。やっぱ、おりきさんが淹《い》れた茶はひと味違うぜ！　夏場はやっぱ熱い茶に限るからよ。ところで、真田屋《さなだや》の婚礼はどうだった？　病《やまい》の娘は恙《つつが》なく祝言《しゅうげん》を挙《あ》げることが出来たのかよ」

おりきがふわりとした笑いを返す。

「ええ、それはそれは幸せそうでしたわよ。わたくしも末席《まっせき》に侍《はべ》らせていただいたのですが、祝膳《いわいぜん》に入ってからも中座《ちゅうざ》することなく、最後まで坐《すわ》っておいででした」

おりきは真田屋の一人娘こずえと沼田屋《ぬまたや》源次郎《げんじろう》の祝言を思い起こし、目を細めた。

三田の真田屋本宅で行われた婚礼は、こずえが病の身とあり、内輪《うちわ》だけの祝言となった。

仲人《なこうど》を務《つと》めた高麗屋《こうらいや》夫妻《ふさい》に真田屋、沼田屋両家夫妻、それに沼田屋の嫡男《ちゃくなん》夫妻におりきが加わり新郎新婦を祝うという形になったが、一見寂《さみ》しげに思える座も、巳之吉《みのきち》が丹精《たんせい》を込めて作った祝膳で、見事なまでに華《はな》やかな祝言となったのである。

祝膳は三三九度《さんさんくど》の式三献《しきさんこん》に始まり、雑煮《ぞうに》三献《さんこん》、本膳《ほんぜん》といった三部構成となっていて、食材のすべてに祝いの意味が込められていた。

おりきもこの日初めて知ったのであるが、雑煮三献の御吸物膳《おすいものぜん》は、鯛《たい》の鎌《かま》を使った吸物で、左側の板鰭《いたびれ》（腹鰭《はらびれ》）を新郎に、右側が新婦、また左側の胸鰭《むなびれ》を父親に、右側が母親に、そして背鰭《せびれ》を親戚《しんせき》一同に盛るものと決まっているそうである。

巳之吉はどこで学んできたのか、これを見事にやってのけた。

そうして、御吸物膳の次に御引物膳《おひきものぜん》、洲浜台《すはまだい》が出されるのであるが、ここまでが酒《しゅ》肴《こう》となり、続いて、饗膳《きょうぜん》の本膳となる。

御本膳は三膳からなり、一の膳には、御膾《おなます》（喜寿《きす》黄金和《おうごんあ》え、白髪若鶏《しらがわかどり》、栗生姜《くりしょうが》、岩《いわ》茸《たけ》、芽《め》もの、山葵《わさび》）、御汁《おしる》（富久沙《ふくさ》仕立《じたて》、鴨葛打《かもくずうち》、頭芋《かしらいも》、人参《にんじん》、鶴菜《つるな》）、御香物《おこうのもの》（二つ葉大根《だいこん》、奈良漬《ならづけ》、焼塩《やきじお》）、御坪《おつぼ》（小鯛《こだい》豊年《ほうねん》蒸《む》し、針生姜《はりしょうが》、吉野餡《よしのあん》）、御飯《ごはん》（赤飯《せきはん》）……。

二の膳には、御鰭吸物《おひれすいもの》（潮仕立《うしおじたて》、鰭立鯛《ひれたちだい》、鏡大根《かがみだいこん》、結び葉、喜《き》の芽）、御猪口《おちょこ》（茸《きのこ》の御神酒漬《おみきづけ》、のし梅、玉あられ）、御平椀《おひらわん》（甘鯛香焼《あまだいかおりやき》、小判百合根《こばんゆりね》、鈴くるみ、年輪《ねんりん》芋《いも》、絹莢《きぬさや》）。

そして三の膳が、御汁（白味噌《しろみそ》仕立《たて》宝寿袋《ほうじゅぶくろ》、小豆《あずき》、松露《しょうろ》からし）、御家喜物《おやきもの》（真魚《まな》鰹灘焼《がつおなだやき》、柚子《ゆず》、千代呂木《ちよろぎ》）……。

続いて、御生盛《おせいもり》……。

これは刺身盛《さしみもり》のことで、金銀の水引《みずひき》や松の枝で飾った、伊勢海老《いせえび》の舟盛《ふなもり》である。

平形膳《ひらがたぜん》を海原《うなばら》に見立て、鯛の松皮造《まつかわづく》り、烏賊《いか》の糸造《いとづく》りで波を表現し、恰《あたか》も、新郎新婦の船出を祝っているかのようだった。

これも初めて知ったことなのだが、鱚《きす》を喜寿と、また木の芽を喜の芽と表すとは、正《まさ》な話、おりきも驚いた。

御家喜物も、また然《しか》り……。

あとで巳之吉に質《ただ》したところ、縁起《えんぎ》かつぎで、敢《あ》えて、宛《あ》て字を使ったのだという。

縁起ものといえば、蛤《はまぐり》……。

殻《から》がぴたりと合うところから、夫婦和合《ふうふわごう》。

蛸《たこ》は八方に伸び、海老は曲《ま》がった腰と髭《ひげ》で長寿《ちょうじゅ》を、鯑《せいご》は出生魚《しゅっせうお》だが、世意子《せいご》と書いて世継《よつ》ぎの意を込めるともいわれる。

正月のお節《せち》の縁起ものといわれる蓮根《れんこん》は、穴があるので見通しがよく、慈姑《くわい》は芽が出て、数の子、子持昆布《こもちこんぶ》は多産の意……。

逆に、祝膳で使ってはならないのが、割れ、切れ、削《そ》ぎ、落ちで、料理名には使わない。

一年魚の鮎《あゆ》や、殻が一枚しかない鮑《あわび》を使わないのも、縁起を担《かつ》いでのことである。

真田屋も沼田屋も、巳之吉の気扱《きあつか》いには大満悦《だいまんえつ》の様子だった。

見た目は勿論《もちろん》のことながら、風味合《ふうみあい》が実に豊潤《ほうじゅん》で、洲浜台に出された御取佐賀奈《おとりざかな》（御取り肴《ざかな》）は、鯛網《たいあみ》結び焼、子持昆布、津野字《つのじ》海老（車海老）、博多平良女《はかたひらめ》（平目）、蓬莱椎茸《ほうらいしいたけ》、日の出蒲鉾《かまぼこ》、玉子《たまご》松風《まつかぜ》、幸茸《こうたけ》つや煮と、どれひとつ取っても深い味わいがして、新郎の源次郎などは目尻をでれりと下げて、お代わりを催促《さいそく》しかけたほどである。

が、おりきが何より嬉《うれ》しかったのは、新婦のこずえがどの膳にもほんのひと口ではあったが、箸《はし》をつけてくれたことだった。

病の身で、白無垢姿《しろむくすがた》ではさぞや大変であっただろうに、終始《しゅうし》、毅然《きぜん》とした態度を取り続けてくれたのである。

こずえには巳之吉の料理もさることながら、源次郎の傍にいられたことや晴れて妻になれたことが、何よりの馳走《ちそう》であったのであろう。

おりきは胸の内で呟《つぶや》いた。

どうか、一日でも永《なが》く、この幸せが続きますようにと……。

「そうけえ。そいつァ良かったな。おっ、そうそう……。俺が今日ここに来たのはよ、おさわから便りが届いてよ。そいつを見せに寄ったのよ」

亀蔵が思い出したように、袂から封書を取り出す。

「まあ、おさわさんから……。それで、お元気なのでしょうね？」

亀蔵は答える代わりに、小鼻をぷくりと膨《ふく》らませた。

早いもので、おさわが小石川称名寺《こいしかわしょうみょうじ》門前の茶店に移って、もう三月が経《た》つ。

おさわは息子の陸郎《りくろう》が葬《ほうむ》られた称名寺により近い場所にいたいといって、八文屋《はちもんや》から去って行ったのである。

以来、一度だけ便りを寄越《よこ》しただけで、新しい環境に馴染《なじ》むまではなかなかその余裕《ゆとり》がないのだろうと思っていたのだが、おさわの文には、茶店の御亭《ごてい》や使用人たちとはすぐに打ち解《と》け、ことに御亭からは頼りにされているらしく、これまで田楽《でんがく》、饂《う》飩《どん》、稲荷寿司《いなりずし》だけだった茶店のお品書《しながき》に、昼定食なるものが新たに加わり、ご飯、味噌汁、お菜《さい》三品を日替わりで出すことになったが、これが評判を呼び、参詣者《さんけいしゃ》だけでなく、わざわざ昼定食を食べに来る客が茶店に押しかけ、連日、席の温まる暇がないほどの忙しさだとあった。

どうやら、八文屋やみずきのことを気にかけつつも、そのために、文を認《したた》めることが出来なかったようである。

「けどよ、そんなに忙しくっちゃ、陸郎の墓に詣る暇なんてねえのじゃなかろうか……。おさわが小石川に行ったのは、毎日、陸郎の墓に詣り、母子《おやこ》の会話がしたかったからじゃねえか！　それなのに、日替わりの昼定食だって？　てんごうを言ってんじゃねえや！　これじゃ、茶店を儲《もう》けさせるために行ったようなもんじゃねえか」

亀蔵が不服そうに、鼻の頭に皺《しわ》を寄せる。

「なんでェ、なんでェ、親分が肝精《きもせい》を焼くとはよ！」

達吉がひょうらかす。

「置きゃあがれ！　誰が肝精を焼こうかよ。いや、俺が言いてェのは、おさわって女《おな》ごはてめえを犠牲にしてまで、周囲《まわり》に尽《つ》くそうとするところがあるからよ。これまで、陸郎のため、八文屋のため、こうめやみずきのためと、身を挺《てい》してきてよ。やっとこれからは、誰にも邪魔されずに陸郎との時間が持てると思っていたのに、今度は、茶店に体《てい》よく扱《こ》き使われてるんだからよ。これじゃ、本末転倒《ほんまってんとう》だと言ってんだよ！」

亀蔵が苦虫《にがむし》を噛《か》み潰《つぶ》したような顔をする。

「そうでしょうか……。わたくしは寧《むし》ろ安堵《あんど》していますのよ。他人《ひと》に尽くせることほど幸せなことはありませんもの……。それが、生きるということであり、わたくしね、おさわさんが今後は陸郎により近い場所に身を置き、毎日、墓に語りかけるのだとおっしゃったとき、正直に言って、少しばかり不安に思いましたのよ。母として、息子との失ったときを取り戻したいという気持は解《わか》ります。けれども、陸郎さんはもう亡くなられたのですし、おさわさんは生きているのです。墓に毎日お詣りになるのはよいとしても、そのことにあまり囚《とら》われすぎるのはどうでしょう……。それより、自分を必要としてくれる他人《ひと》のために生きるほうが、どれだけおさわさんのためになることか……。おさわさんにもそれが解っているのですよ。二六時中《にろくじちゆう》、墓の前に佇《たたず》まなくとも、陸郎さんは現在《いま》もおさわさんの心の中で生きていますもの。陸郎さんだって、母親が活《い》き活きと立ち働く姿を見るほうがどれだけ嬉しいことか……。何よりも、おさわさんは他人《ひと》に尽くすことを至福《しふく》とされているのですよ」

「だったら、何も小石川くんだりまで行くこたァなかったじゃねえか！　おめえが言うように、陸郎がおさわの心の中で生きていて、他人《ひと》に尽くすのを至福と思うのなら、これまで通り八文屋にいて、こうめやみずきの力になってやってくれればよかったじゃねえか……」

「親分ったら、駄々《だだ》っ子みたいですこと！　ですから、それは前にも言いましたが、高輪《たかなわ》と小石川ではあまりにも遠すぎて、滅多《めつた》に墓詣りが出来ないことと、ある意味で、こうめさんやみずきちゃんのためだったのですよ。おさわさんはいつかみずきちゃんをこうめさんに返さなければと思っていらっしたのですよ。けれども、おさわさんがいれば、いつまで経っても、みずきちゃんがこうめさんを母と思わない……。おさわさんにしてみれば、八文屋を離れるのは苦渋《くじゅう》の決断だったと思いますよ」

「そりゃ解ってるんだがよ……」

亀蔵が煙草盆《たばこぼん》を引き寄せ、煙管《きせる》に甲州《こうしゅう》（煙草）を詰める。

「こうしてみると、どうやら親分が一番聞き分けがねえようだな。みずきちゃんなんて、この頃うち、あすなろ園が愉《たの》しくて堪《たま》らねえって様子だからよ」

達吉が槍《やり》を入れると、亀蔵はムッとしたように小さな目を見開いた。

おりきがくすりと肩を揺らす。

「おいねちゃんが脚を骨折してからというもの、あすなろ園ではみずきちゃんが古株とあり、この頃は、他の子供たちを仕切っているようですのよ。それに、日中は弥次《やじ》郎《ろう》とキヲさんの赤児《やや》、海人《かいと》ちゃんがあすなろ園にいるものだから、可愛《かわい》くて仕方がないみたいですよ。先日も、眠っている海人ちゃんを覗《のぞ》き込み、みずきのところも、早くおっかさんが赤ちゃんを産んでくれるといいのに、と呟いていたそうですからね」

亀蔵が驚いたように、煙管の雁首《がんくび》を灰吹《はいふ》きに打ちつける。

「みずきがそんなことを……」

「ところで、こうめと鉄平《てっぺい》の間にはまだ赤児《やや》が出来ねえんで？　親分が知らねえだけで、本当は、腹ん中に出来ているんじゃねえのかよ」

　達吉が何気なく口にした言葉に、亀蔵は挙措《きょそ》を失った。

「まさか……。おっ、待てよ。そう言ャ、夕《ゆん》べ、こうめの奴、ゲェゲェ吐《は》いてたが、えっ、まさかよ……」

　おりきと達吉が顔を見合わせる。

「親分！」

「そう、その、まさかだったらどうします？」

「だから、まさかと言ってるのよ。だって、そうだろう？　こうめが身籠《みご》もったのなら、まず、この俺に報告があってもいいはずだ。そりゃよ、俺はこうめの亭主じゃねえ……。けどよ、あいつは死んだ女房の妹だぜ？　娘の頃に実家《さと》から高輪に引き取り、俺が親代わりとなって育ててきたんだ。しかも、鉄平とこうめに譲《ゆず》ったといっても、元を糺《ただ》せば、八文屋は俺の女房の見世《みせ》だからよ。餓鬼《がき》が出来たのなら、真っ先に報告すべきじゃねえか……。それが筋を通すということだからよ。なっ、おりきさん、おめえもそう思うだろ？」

亀蔵が縋《すが》りつくような目で、おりきを瞠《みつ》める。

「それはそうですわね。赤児《やや》が出来たのなら、親分に報告するのが筋ですわ」

亀蔵の動揺を鎮《しず》めようと、おりきは二番茶を注《つ》いだ。

亀蔵が大仰《おおぎよう》に太息《ふといき》を吐《つ》く。

「しかもだぜ。おさわがいなくなったというのに、現在《いま》、こうめに赤児《やや》が出来たら大変《てえへん》だ。それでなくても、鉄平と二人で見世を切り盛りするのに悲鳴を上げてるってェのに、このうえ赤児《やや》とは天骨《てんこち》もねえ！」

あらあら、とおりきが眉根を寄せる。

「親分、口が腐《くさ》っても、そんなことを言うものではありませんよ。子は天からの授《さず》かりもの……。赤児《やや》が出来たとしても、人手《ひとで》を増やすとか、子守を雇《やと》うとか、いかようにも方法がありますからね」

「それに、こうめに赤児《やや》が出来たと知れば、おさわが慌てて帰《けえ》って来るかもしれねえしよ」

達吉がそう言うと、現金にも、亀蔵はほっと眉《まゆ》を開いた。

「大番頭さん、また、そんな後生楽《ごしようらく》なことを！　親分に糠喜《ぬかよろこ》びをさせるものではありませんよ。恐らく、これから先何があろうとも、おさわさんは品川宿《しながわじゆく》に戻ってみえないでしょう……。心を鬼にしてでも、おさわさんはこうめさんと鉄平さんの力で窮地《きゅうち》を乗り越えさせるでしょうからね」

おりきの言葉に、亀蔵は再び潮垂《しおた》れた。

凡《およ》そ、亀蔵ほど喜怒哀楽《きどあいらく》がはっきりとしていて、解りやすい男はいないであろう。

おりきは亀蔵のそんなところが好きでもあり、より一層、親近感を覚えるのだった。

「とにかく、赤児《やや》のことは単刀直入に訊《き》いてみることだな。ゲェゲェ吐いていたって、悪阻《つわり》とは限らねえ。ただの腹下《はらくだ》しかもしれねえんだしよ」

達吉が仕こなし顔に言う。

「そ、そうだよな？　なんでェ、心配《しんぺえ》をさせやがって……。まっ、今宵にでも、こうめに質してみるさ。心配《しんぺえ》するのはそれからのこった。ところで、おいねの脚の具合はどうでェ」

亀蔵が安堵したように、話題を変える。

「まだ副木《そえぎ》が取れないので、あすなろ園には出ていないのですよ。けれども、おたえさんが人が変わったかのように元気になって、おいねちゃんにつきっきりで世話をしているとか……」

「そうけえ……。人間、何が幸いするか分からねえものよのっ。おっかさんが気の方《かた》

（気鬱《きうつ》）に陥《おちい》ったとおきわが案じてたが、おいねが怪我《けが》をした途端《とたん》に、おたえの気の方が吹っ飛んじまったんだもんな。で、与之助《よのすけ》のほうは？　もう板場に立ってるのかよ」

「ええ。おきわがまだ早いというのに、言うことを聞かないそうでしてね。まだ重いものを持つのは無理のようですが、持ち場の揚方《あげかた》はしっかりと務めているようですよ」

「で、お真知《まち》のことは？」

亀蔵が上目《うわめ》におりきを窺う。

「お真知さんが亡くなったことを知っているかどうかってことですか？　いえ、わたくしもおきわもそのことは伏せていますし、親分と大番頭さんの他は、誰もお真知さんと与之助の関係を知りませんからね」

亀蔵が満足そうに頷く。

「俺たちが口を閉ざしている限り、与之助はお真知が入水《じゅすい》したとは知らねえわけだ……。よし、今後もそれで徹《とお》そうじゃねえか！」

亀蔵はそう言うと、おりきと達吉に目まじした。

彦蕎麦《ひこそば》の揚方を務める与之助が、上野の山水亭《さんすいてい》の長女お真知に匕首《あいくち》で腹を刺され生死の境《さかい》を彷徨《さまよ》って、ひと月近くが経とうとする。

押し込み一味に家族や店衆《たなし》を斬殺《ざんさつ》され、お真知はたった一人生命《いのち》を取り留《と》めたのだが、与之助（当時は千吉《せんきち》）を押し込みの一味と思い恨《うら》みを晴らそうと、降りしきる雨の中、与之助を行合橋まで呼び出すと、ひと思いに腹を刺したのである。

幸い、与之助は生命《いのち》を取り留めた。

が、与之助は終始一貫《しゅうしいっかん》お真知を庇《かば》い続けた。

というのも、与之助は事前に引き込み役のお茂《しげ》という女ごから、逃げろ、と耳打ちされて自分一人が逃げ出したことで、自責の念に苛《さいな》まれ続けていたのである。

「あたしたち家族を破滅《はめつ》に追い込んだのはおまえだと自覚させるために、目の前で自害してやるのだとおっしゃり、お真知さんはご自分の喉《のど》に匕首を突きつけられたんです……。俺、そこまでお真知さんを苦しめ、憎《にく》まれているとは知りやせんでした。お真知さんは鈴のように美しい声をした優《やさ》しい女《ひと》で、何不自由のない幸せな人生を送るのに相応《ふさわ》しい女《ひと》でした。あの女《ひと》を死なせるくれェなら、自分が……。そう思い、咄嗟《とっさ》に匕首を奪うと、俺、自分で自分の腹をぶすりと……。本当なんです！　お真知さんに罪はねえ！　信じて下せえ。女将《おかみ》さん、親分、信じて下せえ……」

与之助は手を合わせ、哀願《あいがん》した。

それほど、与之助はたった一人で逃げたことへの罪悪感と、また、お真知への淡《あわ》い恋心が捨てきれなかったのである。

だが、そこまでして庇おうとしたお真知は、与之助が生命《いのち》を取り留めたことも知らず、大川に身を投げてしまったのである。

与之助がお真知の死を知ったならば……。

おりきの胸に、さっと不吉な想いが過《よ》ぎっていった。

その想いは、亀蔵も達吉も同様だったとみえる。

「言わなきゃいい！ そうさ、俺たちが口を噤《つぐ》んでしまえば、与之助はお真知が死んだことを知るこたァねえんだからよ……」

そう達吉の放ったひと言で、お真知のことには生涯触《ふ》れないことに決まったのだった。

いつの日にか、与之助も人づてにお真知が死んだことを知ることになるかもしれない。

が、それはそのときのこと……。

少なくとも、与之助がお真知の死を冷静に受け止めることが出来るようになるまでは、極力《きよくりよく》そっとしておいてやりたいと思うのだった。

だが、何はともあれ、彦蕎麦はひとまず平静を取り戻した。

おいねの脚はいずれときが来れば完治《かんち》するであろうし、あとは、幾富士が無事に出産を済ませ、願わくば、八文屋にも朗報《ろうほう》がもたらされますように……。

おりきはふうと肩息《かたいき》を吐くと、亀蔵に目を据《す》えた。

「親分、小腹《こばら》が空《す》きませんか？　おうめが小中飯《こじゆうはん》（おやつ）に冷やし汁粉《じるこ》を作ったそうですのよ。お持ちしましょうね」

おりきがそう言うと、亀蔵の顔が幼児のように輝いた。

「そいつァいいや！　おっ、馳走《ごち》になるぜ！」


五ツ（午後八時）過ぎ、亀蔵が八文屋の水口《みずぐち》を開けると、こうめが醬油樽《しょうゆだる》を抱《かか》え上げ、なんと、片口鉢《かたくちばち》に移そうとしているではないか……。

亀蔵は慌てて駆け寄ると、こうめの手から醬油樽を奪った。

こうめが驚いたように目をまじくりさせる。

「嫌《いや》だ、いきなり……。義兄《にい》さんったら、驚かせるもんじゃないよ！」

「なに、重そうだから助けてやろうと思ってさ」

「へえ、珍しいことがあるもんだ。雨が降らなきゃいいがね。嫌だよ、やっと梅雨《つゆ》が明けたってェのに……」

「何言ってやがる！　で、片口に移した醤油はどうするつもりでェ……」

「飯台《はんだい》の醤油差しに注ぎ足《た》すのさ。もういいよ、あとはあたしがやるからさ。ほら、みずきが待ってるから、早く晩飯を食っておくれ」

「おめえは？」

「まだだよ。これを片づけたらすぐに行くから、先に食べておくれ」

こうめが客用の醤油差しに片口鉢の醤油を注いでいく。

亀蔵はやれと肩息を吐き、食間に入って行った。

ご飯を装《よそ》っていた鉄平が、ひょいと会釈《えしやく》をする。

「お疲れさま。丁度よかった。俺たちもこれから夜食を摂《と》ろうと思ってたんで」

「じっちゃん、今日はじっちゃんの好きな鰺《あじ》の叩《たた》きだよ！」

みずきが燥《はしや》ぎ声を上げる。

「今朝、活きの良い鰺が安く手に入《へえ》りやしてね。それで、八文屋の惣菜《そうざい》も今日は叩きの他に、南蛮漬《なんばんづけ》、塩焼《しおやき》と鰺づくしで、……」

鉄平がそう言うと、醤油差しに醤油を注ぎ足して食間に戻って来たこうめが、

「それだけじゃないよ。一夜干《いちやぼ》しにしたから、明日も使えるからさ」

と割って入ってくる。

亀蔵はみずきの茶椀《ちやわん》にちらと目をやると、なんでェ、飯にまで入れたのかよ、と蕗《ふき》味噌《みそ》を嘗《な》めたような顔をする。

「なんだえ、不服かえ？　文句は食ってから言ってもらいたいね！　とにかく、ひと口、食ってみな。これが美味《うま》いんだからさ。秋刀魚飯《さんまめし》の要領で作ってみたんだからさ」

こうめが、燗《かん》をするかい？　と銚子《ちようし》を掲《かか》げて見せる。

「おっ、気が利《き》くじゃねえか……。叩きときたら、飲まねえわけにゃいかねえからよ」

亀蔵も成る口ときて、酒を見ると途端に頬が弛む。

「秋刀魚飯か……。そう言ャ、おさわがよく作ってくれたな。生姜をうんと効《き》かしてよ」

「だろう？　おばちゃんから文が届いたばかりだったしさ。今朝、うちの男《ひと》が沙濱《すなはま》から帰って来て、活きのよい鰺を大量に見せるじゃないか……。その瞬間、今宵の義兄《にい》

さんの酒の宛《あて》は鯵の叩きで、みずきには鯵飯《あじめし》を作ってやろうと決めたのさ」

みずきが鯵飯を口に運び、美味《おい》しいよ！と声を張り上げる。

叩きと鯵飯の他に、今宵のお菜は茄子《なす》の南蛮煮《なんばんに》に、長葱《ながねぎ》の饅《ぬた》、味噌汁……。

ところが、なんと、味噌汁にまで鯵が入っているではないか！

「焦《こ》がし味噌汁だよ」

こうめが澄ました顔でいう。

そう言えば、確か、これもおさわが得意としてたっけ……。

亀蔵は納得《なっとく》したように頷いた。

焦がし味噌汁とは、熱した鍋《なべ》の鍋肌に木べらで味噌を塗《ぬ》りつけ少し焦げるくらいに火を通したところで熱湯《ねっとう》を注《そそ》ぎ、その中に、鯵の叩きを片栗粉《かたくりこ》、卵白《らんぱく》で丸めたものを加え、仕上げに葱の小口切りを散らす。

こうすると、軽く焦がした味噌の芳《こう》ばしさと、鯵団子《あじだんご》の喉越《のどご》しが堪《たま》らない。

「さっ、酒が燗《つ》いたよ。おまえさんも飲むかえ？」

こうめが鉄平に訊ねる。

ヘン、つ、つがもねえ！

うちの男《ひと》の次は、おまえさんときたかよ……。

この頃うち、こうめが鉄平のことをそう呼ぶのには慣れてきたというものの、恥ずかしげもなく、こういけしゃあしゃあと連呼《れんこ》されたのでは胸糞《むなくそ》が悪くなる。

が、待てよ……。

鯵の叩きに鯵飯、焦がし味噌汁、それに長葱の饅と、何もかもが亀蔵の好物ばかり……。

確かに、活きのよい鯵が下直《げじき》で大量に手に入ったのであろうが、亀蔵が催促《さいそく》したわけでもないのに一本燗けようかときたところをみると、これは祝いのつもりではなかろうか……。

えっ、てこたァ、まさかが現実となったってことかよ！

亀蔵は手酌で酒を呷《あお》ると、こうめと鉄平を交互に見た。

「おめえら、俺に何か報告することがあるんじゃねえか？」

「…………」

「…………」

こうめも鉄平も、とほんとした。

「何か報告って……」

「こうめ、おめえ、義兄《にい》さんに報告することがあるのか？」

「いや、あたしにはないよ。おまえさんこそ、何かあるのかえ?」

いやっと、二人は同時に首を振った。

「じっちゃん、報告って、なァに? ねっ、報告って……」

みずきが亀蔵を覗き込む。

亀蔵は慌てた。

「つまりよ、目出度《めでて》ェこととか……。ほれ、おめえ、昨日、ゲェゲェ吐いてたじゃねえか……」

こうめは鳩《はと》が豆鉄砲《まめでっぽう》を食ったような顔をしたが、何か思い当たったようで、ぷっと噴《ふ》き出した。

「嫌だァ、義兄《にい》さん! 何を言うのかと思ったら、あたしに赤児《やや》が出来たとでも? アッハッハ、ああ、おかしい……。ゲェゲェ吐いてたから、悪阻と思ったなんてさ! 昨日はさ、弾《はじ》け豆をたらふく食った後、井戸で冷やしていた西瓜《すいか》が食べ頃だったんで、三切れも食っちまったんだよ。つまり、食い過ぎさ……。アッハッハハ、それを悪阻と勘違《かんちが》いするなんてさ!」

「なんだ、そういうことだったんですか……。嫌だな、義兄《にい》さん、早とちりして!」

鉄平までが腹を抱えて嗤《わら》う。

「悪阻ってなァに？」

みずきが話に入っていけず、自分だけ置いて来坊にされたとでも思うのか、こうめの肩を揺する。

「違うんだよ。じっちゃんがさ、おっかさんに赤児《やや》が出来たんじゃないかと早とちりしたんだよ！」

「えっ、おっかさん、うちにも赤ちゃんが出来るの？」

「だから、間違いだと言ってるじゃないか。いいかえ、みずき、うちには赤ちゃんは出来ないんだよ。そりゃ、いつかは出来るかもしれないよ。けど、うちは現在《いま》おばちゃんがいなくなって、猫の手も借りたいほど忙しいんだ。そんなときに、赤ちゃんが出来たら大変じゃないか！」

「みずきが赤ちゃんの世話をするよ。みずき、あすなろ園で海人ちゃんのお襁褓《むつ》を替えるのを手伝ったんだもん！　子守唄だって歌えるよ」

みずきが拗《す》ねたように、こうめの袖《そで》を揺する。

「莫迦《ばか》だね。海人ちゃんの世話を手伝うのとは、わけが違うんだよ！　もうォ、なんだろうね、この娘《こ》は。駄々を捏《こ》ねるのは止《よ》しな。さあ、早く、お飯《まんま》を食べてしまうんだ！　なんだえ、義兄《にい》さんは！　余計なことを言うもんだから、みずきが駄々を捏ね

「て困るじゃないか……。そうだ、いい機会だから言っておくが、あたしたち、当分、子を作る気はないからね。これは、うちの男《ひと》と相談して決めたんだ。現在《いま》、あたしたちがしなきゃならないことは、おばちゃんがいなくなったこの八文屋を、あたしたち二人の手で軌道に乗せること……。子供はそれからだっていいし、うちにはみずきがいてくれるからね。この子さえ丈夫に育ってくれれば、もう子は要《い》らないとまで言ってるんだよ」

亀蔵は呆然《ぼうぜん》とした。

まさか、こうめと鉄平がそんなことを話していたとは……。

亀蔵が鉄平を瞠める。

「こうめはそれでいいとしても、鉄平、おめえはそれでいいのかよ」

鉄平は間髪《かんはつ》を容《い》れずに答えた。

「はい。俺は寧ろそのほうがいいと思っていやす。みずきが可愛くって……。こいつさえいてくれれば、実の子を欲しいとは思いやせん。というか、みずきは俺の子なんです」

鉄平の口吻《こうふん》には、微塵芥子《みじんけし》ほども迷いがなかった。

どうやら、この二人には、余計な差出《さしで》は無用のようである。

みずきも諦《あきら》めたのか、鰺飯をぱくついている。

可哀相《かわいそう》に、こいつも一人っ子かよ……。

亀蔵は愛《いと》おしそうにみずきを瞠めた。

だが、あすなろ園には仲間がいる。

血の繋《つな》がりよりも、心や情の繋がりのほうがどれだけ心強いことか……。

わたくしたちは独《ひと》りではありません。立場茶屋《たてばぢゃや》おりきに身を寄せる者は、皆、仲間であり家族なのです。

おりきの声が聞こえたように思った。

亀蔵はみずきの頭をちょいと小突くと、美味《うめ》ェか、うんと食って大きくなるんだぜ、と笑いかけた。

みずきがこくりと頷く。

「さっ、食べようか！」

こうめが鰺の焦がし味噌汁を装う。

亀蔵は鰺の叩きに箸をつけ、続いて、鰺飯を頬張《ほおば》った。

鰺の叩きは脂《あぶら》が乗って、蕩《とろ》けそうに思えた。

そして、生姜の効いた鰺飯の香り……。

何故《なぜ》かしら、おさわがすぐそこにいて、みずきたちを瞠めているように思えた。

盂蘭盆会《うらぼんえ》を翌日に控《ひか》え、現在《いま》、立場茶屋おりきの裏庭には、精霊棚《しょうりょうだな》が祀《まつ》られている。

そして、善助《ぜんすけ》の小屋の跡地《あとち》に建てられた二階家の玄関先には、高灯籠《たかどうろう》が二基……。

江戸には、死者を出した家は三回忌まで盂蘭盆会に高灯籠を立てるという習《なら》いがあり、これは、善助と榛名《はるな》の亭主航造《こうぞう》のためのものである。

とはいえ、享保《きょうほう》年間まではそこかしこで見られたこの光景もいつかしら廃《すた》れ、現在《いま》では寺社で見かけるだけだが、おりきは善助が迷うことなく戻って来てくれるように、なんとしてでも高灯籠を立ててやりたいと思った。

二階家の玄関先に立てたのは、住まわせてやりたかった二階家に、終《つい》しか、入居することなく善助がこの世を去ったからである。

迷わずに戻っておいで、善助。ここが、おまえの家なのだから……。

そんな想いで高灯籠を立てたのだが、あすなろ園の子供たちは精霊棚や高灯籠に大《おお》燥《はしや》ぎであった。

精霊棚は、台の上に真菰《まこも》を敷《し》いて前に垂《た》らし、棚の周囲《まわり》に青杉葉《あおすぎは》で作った籬《まがき》を巡《めぐ》らせ、四隅《よすみ》に葉つき青竹を立てて菰縄《こもなわ》を張り、鬼灯《ほおずき》、瓢簞《ひょうたん》、稲穂《いなほ》、素麵《そうめん》などを吊《つる》す。

そうして、棚の中に位牌《いはい》を安置し、供物《そなえもの》をするのである。

「これって、善爺《ぜんじい》の位牌だろ？　じゃ、この位牌は誰の？」

勇次《ゆうじ》が高城《たかぎ》貞乃《さだの》を見上げる。

「榛名さんのご亭主ですよ。この春、亡くなられたのを皆も知ってるでしょう？」

貞乃がそう言うと、精霊棚に素麵や茄子、瓜《うり》といったものを供えていた榛名が、気を兼ねたように目を伏せた。

「主人の位牌を祀ってもらったばかりか、高灯籠まで立てていただき、そこまでしてもらったのでは厚かましすぎると固辞《こじ》したのですが、女将さんが新盆《にいぼん》なのだから是非《ぜひ》にと勧《すす》めて下さいましてね」

「あら、遠慮《えんりょ》なさることはありませんわ。高灯籠を立てる習いもこの頃はすっかり廃れてしまいましたからね。現在《いま》では、どこの家でも盆提灯《ぼんぢょうちん》で済ませますでしょう？　それで、おりきさまが子供たちに古くからの仕来《しきた》りを教える意味でも、今年は是非にも高灯籠をとおっしゃいましたのよ。善爺の新盆ですものね……。恐らく、おりきさまの心の中では、未《いま》だに善爺への想いが断《た》ちきれないのだと思いますよ」

　すると、勇次が不貞《ふて》たように貞乃の袂を揺すった。

「狡いや……」

　えっと、貞乃が勇次を見下ろす。

「狡いって、何が？」

「だって、おいらのおとっつァんやおっかさん、卓《たく》あんちゃんのおとっつァんやおっかさん、おせんのおっかさんも去年の地震で死んだんだぜ。それなのに、去年は迎え火と送り火を焚《た》いただけで、こんなことをしてくれなかったじゃねえか！」

　意表《いひよう》を突かれた貞乃は、慌てて腰を屈《かが》め、勇次の肩に手をかけた。

「そうだったわね。勇ちゃんたちのご両親には位牌がないものだから、精霊棚を作ることまで考えが及ばなくてごめんなさいね。けれども、今年は一周忌なのですものね。そうだわ！　吾平《ごへい》さんに頼んで、今から位牌を作ってもらいましょうよ。戒名《かいみよう》はありませんけど、俗名《ぞくみよう》で構いません。要《よう》は、心が通じればいいのですものね」

　勇次がパッと目を輝かせる。

「では、勇ちゃん、吾平さんを呼んで来て下さいな」

「あいよ！」

　勇次が旅籠《はたご》に向かって駆けて行く。

その背を見送り、榛名がぽつりと呟く。

「地震で亡くなった人は、十把《じっぱ》一絡《ひとから》げに海蔵寺《かいぞうじ》の投込塚《なげこみづか》に葬《ほうむ》られたと聞いたけど、そうすると、戒名もないのですものね……」

「可哀相なことをしてしまいました。せめて、精霊棚だけでも建ててやればよかったのに、そこまで気が廻らなくて……」

貞乃と榛名がそんなことを話していると、下足番《げそくばん》の吾平が勇次に手を引かれてやって来た。

「位牌を作れって？」

吾平が訝《いぶか》しそうに訊ねる。

「ええ、本来ならば寺の住持《じゅうじ》に相談すべきなのでしょうが、この子たちの肉親には戒名がありませんからね。俗名の位牌ならば、わたくしたちの手で作っても構わないのではないかと思いましてね」

「成程ね。じゃ、白木で構わねえってことでやすね。ようがす！　作りやしょう。それで、幾つ作ればいいんで？」

吾平は快《こころよ》い返事を返すと、勇次の頭をちょいと小突いた。

「おっ、坊主、良かったじゃねえか！」

勇次がへへっと鼻を擦《こす》る。

「卓ちゃんは両親と妹、勇ちゃんもやはり両親と妹、おせんちゃんはお母さま一人だけなので、七つかと……」

貞乃が指折り数え、それでいいわね？　と勇次に確かめる。

「解りやした。丁度、手が空《す》いたところなんで、早速《さっそく》、作りやしょう。当然、名前は貞乃さまが書いて下さるのでやすね？」

「ええ」

「ところで、位牌に向きそうな材木があったっけな……」

吾平が納屋のほうに歩いて行き、勇次も後を追おうとする。

「勇ちゃん、お待ちなさい！　吾平さんの仕事を見たいのは解るけど、その前に、お父さまやお母さまの名前を教えて下さいな。さっ、女の子たちも子供部屋に入りましょうか」

貞乃が女の子たちに声をかけ、子供部屋に入って行く。

卓也《たくや》の姿が見えないのは、今日も、旅籠の追廻《おいまわし》に板場の仕事を教えてもらっているからである。

「貞乃先生、みずきはどうすんの？」

「みずきちゃんの家には亡くなった人がいないでしょう？　だから、精霊棚に位牌を祀らなくてもいいのよ」

「なんだ、つまんないの！」

「あら、そんなことを言うものではありませんよ。家族が息災《そくさい》なことほど悦《よろこ》ばしいことはないのですもの」

貞乃とみずきがそんなことを言いながら子供部屋に入って行くと、海人におっぱいを含ませていたキヲが、ハッと振り返った。

「キヲおばちゃん、おばちゃんのところには死んだ人がいないの？」

キヲは子供たちの言う意味が理解できないとみえ、目をまじくじさせた。

貞乃が慌てて割って入る。

「ごめんなさいね。いえね、地震でなくなった子供たちの肉親の位牌を作り、精霊棚に祀ろうということになりましてね。それで、あんなことを……」

キヲはようやく意味が解ったとみえ、照れ臭そうに笑《え》みを浮かべた。

「そうだったのですか。あたしも地震で亭主と息子を亡くしたんだけど、今朝、出掛けにちっちゃな精霊棚を作ってきたんですよ」

「そうですよね。キヲさんの家は北馬場町《きたばばちょう》なのですもの、当然、そこに作ってありますよね」

貞乃がそう言うと、キヲはふと寂しそうな顔をした。

「うちも戒名がない口なんですよ。けど、うちの男《ひと》が死者を弔《とむら》う意味でも、すること はしなくちゃなんねえって言い張りましてね。蒲鉾板《かまぼこいた》を位牌に見立て、しかも、たど たどしい字で名前を書きましてね。けど、あたし、その気持が嬉しくて……」

「まあ、弥次郎さんが……。キヲさん、優しいご亭主を持って幸せですこと！ 考え てみれば、この品川宿には精霊棚に祀ってもらえない人が沢山いるのですものね。さ っ、子供たち、先生にお父さまやお母さまの名前を教えて下さいな」

貞乃が硯箱《すずりばこ》を取り出す。

「じゃ、おいらが先だ。おいらのおとっつァんは、けんじ。おっかさんがおせき。妹 はおかよ」

「けんじのけんはなんて書くの？」

「…………」

「平仮名ではなく、男の人だから、漢字の名前がついていたでしょう？」

「…………」

「嫌だァ……。勇ちゃん、おとっつァんの名前を知らないんだ！」

みずきが鬼の首でも取ったかのように、パチパチと手を叩き、ひょっくら返す。

「煩《うるせ》ェ！　だったら、おめえは親の名が書けるのかよォ」

「書けるよ。みずきのじっちゃんは亀蔵。おとっつァんは鉄平。ほら、こう書くんだよ」

みずきが拙《つたな》い筆致《ひっち》で、亀蔵、鉄平、と書いてみせる。

「なら、おせんは？」

勇次が気を苛《いら》ったように、おせんを睨《ね》めつける。

「書けるよ。おせんのおっかさんは菊香《きくか》っていうんだ。菊は菊の花の菊で、香はいい香りのする香……。菊の花が香るって覚えておけって教えてくれたんだもん！」

そう言い、半紙に菊香と書いてみせる。

ますます形勢不利《けいせいふり》となった勇次は、拗ねたようにぷっと頬を膨らませた。

「仕方がないですね。では、平仮名で書くことにしましょう」

貞乃が勇次を宥《なだ》めるように言ったときである。

子供たちの親の位牌を作ると聞きつけて、おりきが子供部屋に顔を出した。

「貞乃さま、よくぞ気づいて下さいました。今年は善助と航造さんの新盆でしょう？

それで、何がなんでも精霊棚や高灯籠をと思ったのですが、そのことで子供たちの心が疵《きず》ついたとは……。吾平から話を聞いて、慌てて謝りに来ましたのよ。勇ちゃん、おせんちゃん、気づいてあげられなくてごめんなさいね。けれども、良かったではありませんか。あら、勇ちゃん、どうしました、その顔は……」

悔《くや》しそうに唇をへの字に曲げた勇次を見て、おりきが訝しそうな顔をする。

「いえね、勇ちゃんが父親の名の漢字が分からないというものですから、それで、平仮名にしようかと言っていたところなのですよ」

貞乃が説明する。

「勇ちゃんのお父さまの名前ですって？　研児《けんじ》ですよ。ほら、こう書きます」

おりきは筆を取ると、半紙の上に研児と書いた。

「お母さまがお関《せき》、妹のおかよは平仮名……。そして、卓ちゃんのお父さまが輝夫《てるお》、お母さまが平仮名でおゆり、妹が早苗……。おせんちゃんのお母さまは、菊香。これはうちで子供たちを預かることになったとき、亀蔵親分から聞いたことで、間違いありません」

「さすがは、おりきさま！　勇ちゃん、良かったわね。名前が判《わか》ったから、もう吾平さんの仕事を見に行ってもいいですよ」

勇次は実に嬉しそうな顔をした。

「じゃ、あたしも行く！」

「あたしも！」

みずきとおせんが勇次の後に続き、子供部屋を飛び出して行く。

おりきは貞乃と顔を見合わせ、頬を弛めた。

「位牌を精霊棚に祀ったら、明日は迎え火を焚いて、子供たちを連れて海蔵寺にお詣りするといいでしょう。あの子たちがここに来て、一年が経つのですものね。元気に育っていることを報告して差し上げて下さいね」

「ええ、そのつもりです」

貞乃が頷くと、キヲが怖《お》ず怖《お》ずと二人を窺う。

「あのう……、あたしもご一緒させてもらっちゃいけませんか？」

「ああ、そうでしたわね。キヲさんのご亭主と息子さんも海蔵寺に葬られていたのでしたね。勿論、いいですよ。わたくしも明日は妙国寺《みょうこくじ》、海蔵寺とお詣りするつもりでいますので、都合がつけば、皆で一緒に行きましょう」

おりきはキヲの胸で眠る海人の頬を、ちょいと指でつついた。

あどけない赤児《やや》の寝顔……。

おりきは改めて、子供こそ宝なのだと思った。

ところが、皆で一緒に墓詣りをしようとした矢先、思いもよらないことが起きたのである。

泊まり客を送り出し、おりきが多摩《たま》の花売り喜市《きいち》から、茶屋の信楽《しがらき》の大壺《おおつぼ》に活ける花や旅籠の客室用の花の他に、墓に供える花を分けてもらおうとしていると、遣いに出ていた下足番見習の末吉《すえきち》が、慌てふためいたように中庭に駆け込んで来た。

「女将さん、大変《てえへん》だ！　さっき、素庵さまの診療所の前を通りかけたら、荷車に乗せられた女ごが運び込まれてよ。見ると、傍に幾千代姐さんが付き添《そ》ってるじゃねえか……。姐さん、真っ青な顔をしていて、俺の顔を見ると、早く女将さんに知らせてくれって……」

よほど慌てて走ってきたとみえ、末吉はぜいぜいと喘息《ぜんそく》した。

おりきの顔からさっと色が失《う》せた。

幾千代が付き添っていたということは、その女ごは幾富士であろう。

しかも、産婆《さんば》ではなく、素庵の元に運ばれたということは……。

「末吉、大番頭さんとおうめを呼んで下さい！」

おりきは喜市に花の代金を渡すと、急いで帳場に戻った。

取るものも取り敢えず金箱の蓋を開け、はてさて一体どうしたものか……、とちらと迷った。

幾千代のことだから何事にもそつはないと思うが、万が一のことを考えると、多めに金を用意しておいたほうがよいのだろうか……。

が、そんなことをすれば、余計な差出と叱《しか》られそうな気もする。

そこに、達吉とおうめが帳場に入って来た。

「お呼びで？」

「今、幾富士さんが素庵さまのところに運ばれたそうですの」

「では、いよいよ……」

「けど、産婆でなく、何故、素庵さまのところに……。えっ、てことは、難産ってこと？」

おうめが不安の色も露《あら》わに、眉根を寄せる。

「そのようです。行ってみないことには仔細《しさい》は判りませんが、幾千代さんがわたくしに知らせてくれと言われたそうなので、とにかく、行ってみます。達吉、おうめ、後のことは頼みましたよ」

「解りやした。末吉を連れて行って下せえ。何かあれば、奴を伝令《でんれい》として使って下さればいいんで……」

「解りました」

おりきは末吉に声をかけ、旅籠を後にした。

街道は盆行事一色に染まっていた。

寺社の多い門前町《もんぜんちょう》には参詣者が引きも切らずに押しかけ、街道筋には灯籠や提灯、素麵、瓜といったものを売る草市《くさいち》（盆市）が立ち、苧殻《おがら》売りが売り声も高く雑踏《ざっとう》を縫《ぬ》っていく。

おりきは人立《ひとだち》を掻《か》き分けるようにして、南本宿の診療所へと急いだ。

診療所の門前で、幾千代のお端女《はした》おたけが待っていた。

おたけの顔も蒼白《そうはく》である。

おたけはおりきを認めると、駆け寄って来た。

「女将さん……」

「幾富士さんは大丈夫ですか？」

おたけは今にも泣き出しそうな顔をして、首を振った。

「現在《いま》、素庵さまが姐さんのお腹を切開《せっかい》なさっています」

「お腹を切開ですって！　何故にまた……」

おたけは首を振り続けた。

「あたしにゃ何も解りません。待合《まちあい》で幾千代姐さんが待っていなさるんで、姐さんに訊いて下さい」

おりきは待合へと急いだ。

幾千代は畳《たたみ》に突っ伏し、何やら念仏のようなものを唱《とな》えていた。

手に数珠《じゅず》のようなものが見える。

「幾千代さん……」

幾千代はハッと顔を上げた。

「ああ、良かった……。来てくれたんだね。あちし一人じゃ心細くてさ。なんとしてでも傍についていてもらいたかったんだよ」

おりきが幾千代の傍に寄り、そっと肩に手を置く。

「おたけさんに幾富士さんがお腹を切開していると聞きましたが、一体、どうしたのですか？」

「それがさ、予定日を過ぎても一向《いっこう》に生まれる気配がないだろう？　産婆も心配して毎日様子を見に来てくれてたんだけどさ。そしたら、今朝になって、これまで動いていたお腹の赤児《やや》の動きが止まっちまってね。急遽《きゅうきょ》、産婆を呼んだんだけど、赤児《やや》がお腹の中で死んじまったとかで、産婆の手には負《お》えないってことになってね……。それで、慌てて、ここに運び込んだってわけさ……」

幾千代が、ああ……、と悲痛の声を上げ、胸元で数珠を揉《も》む。

「それで、切開施術《せっかいしじゅつ》ということになったのですね」

幾千代は肩息を吐くと、頷いた。

「一刻も早く胎児《たいじ》を取り出さないと、母体まで危《あや》うくなるとかで……。けどさ、素庵さまが言われるんだ。お腹を切開して胎児を取り出すなんて、これまで自分には経験がないし、麻酔薬《ますいやく》を使うことも出来ない、幾富士には可哀相だが、麻酔薬を使わないで切開するって……」

おりきは息を呑《の》んだ。

麻酔薬を使わないでお腹を切開とは……。

だが、おりきも華岡清洲《はなおかせいしゅう》が開発した通仙散《つうせんさん》という麻酔薬のあることは知っていたが、毒性の強いものであり、痛みは取り除《のぞ》けても生命《いのち》の保証は得られず、また、誰でもが使えるわけではないことも知っていた。

そうして、もう一つ気懸《きが》かりなのは、素庵に切開施術の経験がないということ……。素庵が本道《ほんどう》（内科）の医師というだけでなく、これまで切開により胎児を取り出したという例を耳にしたことがないからである。

おりきが眉根を寄せると、どうやらその想いを察したらしく、幾千代が続けた。

「帝王切開《ていおうせっかい》というらしいんだけどさ、嘉永《かえい》五年（一八五二）に埼玉と秩父《ちちぶ》の医者二人が切開により胎児を取り出したことがあるんだってさ。そのときも、幾富士の場合とまったく同じで、腹の中で胎児が死んでいたらしいんだよ。麻酔薬は使わなかったそうだけど、その母親は施術した後元気になったというから、素庵さまの手に委《ゆだ》ねるより仕方がないじゃないか……。幾富士の生命《いのち》さえ助かってくれれば、あちしはもう何も望まない。やっぱ、あの赤児《やや》は生まれてくるべきじゃなかったんだ！　又一郎《またいちろう》なんて道楽者に孕《はら》まされた子なんだからさ。今思えば、幾富士が望んだように、中条流《ちゅうじょうりゅう》で堕胎《だたい》させちまえばよかったんだ！　そうしてたら、幾富士が生死の境を彷徨《さまよ》うなんてことなかったんだからさ……。あちしが業《ごう》を張ったばかりに、こんなことになって……。幾富士、ごめんよォ……。ああ、神さま仏さま、どうか、あの娘《こ》の生命《いのち》だけは助けて下さいませ……」

幾千代の頬を涙が伝い落ちた。

「幾千代さん、気を強く持ちましょうよ。大丈夫ですよ。天道人《てんどう》を殺さず……。これまで幾千代さんがどれだけ弱き者を助けてきたか天は知っていらっしゃいますよ。ですから、決して見捨てられることはないでしょうし、幾富士さんの生きようとする力を信じましょうよ。あの女《ひと》は強い女です。わたくしはそう信じています」

おりきが幾千代の背中を擦《さす》る。

幾千代は手拭で涙を拭うと、顔を上げた。

「そうなんだ、強い娘《こ》なんだよ。施術室《しじゅつしつ》に運ばれて暫《しばら》くした頃、二、三度悲鳴が聞こえただけで、それからはぴたりと悲鳴が止まってさ……。まさか、死んじまったんじゃないかと心配になるほどだったが、死んじまったのなら素庵さまか代脈《だいみゃく》が何か言ってくるだろうに、何も言ってこないんでね」

「まだ施術が続いているということなのでしょうね。悲鳴が聞こえないのは、痛さのあまり気を失ったのかもしれませんね」

「気を失ったって……。けど、死んじゃいないんだよね？」

幾千代が心配そうにおりきを窺う。

「ええ、大丈夫ですよ。それで、施術室に運ばれてどのくらい経ちます？」

「半刻《はんとき》（一時間）以上経つだろうか……」

「半刻……。では、もう暫くかかるでしょうね」

そう言うと、おりきは待合の外で待つ末吉に旅籠まで伝令に走らせようと、腰を上げかけた。

すると、幾千代が怯《おび》えたような目で、おりきを見た。

どうやら、幾千代を置いて帰ると思ったようである。

おりきは微《び》苦笑《くしょう》した。

「大丈夫ですよ。ずっとついていますので安心して下さいな。末吉を待たせているので、経過報告に一度旅籠まで走らせます。大番頭さんやおうめが心配をしていますのでね」

幾千代は眉を開き、ふうと肩息を吐いた。

「済まないね。忙しいおまえに傍にいてくれと頼むなんて……」

「何を言っているのです。こんなときに力になれないでどうしましょう。わたくしには傍についていることくらいしか出来ませんが、傍にいることが幾千代さんの支えになるのであれば、いくらでもいますわよ」

おりきは幾千代を励まそうと、背中をポンポンと軽く叩き、待合から出て行った。

「末吉、済まないが、旅籠までひとっ走りしてくれませんか。大番頭さんに現在《いま》幾富士さんが切開施術を受けていることを伝え、まだ暫くかかるので、後のことは大番頭《はぶ》さんとおうめで仕切るようにと言って下さいな。今日は、板頭《いたがしら》との打ち合わせは省きます。献立のことはすべて板頭に委《まか》せますので……」

「へい」

末吉が玄関口から飛び出して行く。

すると、戸口に佇んでいたおたけが鼠鳴《ねずみな》きするような声を出した。

「あのう……、幾富士姐さんは大丈夫ですか?」

「大丈夫ですよ。おたけさんもそんなところに佇んでいないで、待合にお入りなさい」

おたけは滅相《めっそう》もないといったふうに、大仰に首を振った。

「あたしはここで……。怖くて、とても中には……」

そう言うと、両手で身体を抱え込み、ぶるると顫《ふる》えた。

それから半刻後、幾富士の施術が終わった。

現在《いま》、幾富士は消炎鎮痛薬《しょうえんちんつうやく》を投与《とうよ》され、半醒半睡《はんせいはんすい》といった状態である。

「助かったんだね？　幾富士は元気になるんですね？」

幾千代は施術室から出て来た素庵の作務衣《さむえ》を摑《つか》み、執拗《しつよう》に食い下がった。

が、素庵は何やら気懸かりなことがあるとみえ、神妙《しんみょう》な面差《おもざ》しをしている。

「現在《いま》のところ脈は安定している。抜糸《ばっし》までこのまま傷が化膿《かのう》しなければ恢復《かいふく》を見るであろうが、幾富士の片方の卵巣《らんそう》に囊腫《のうしゅ》が見られたので、取り除いておいた」

「卵巣に囊腫って……」

幾千代の頰がびくびくっと顫える。

「良性の腫瘍《しゅよう》のことだが、まっ、幸い、卵巣は二つあるので、一つ取り除いたとしても、再び懐妊《かいにん》するのは可能だろう。だが、幾富士の場合、子腫《ししゅ》（妊娠中毒症）による腎疾患《じんしっかん》が見られるのでな。今後は術後の手当と共に、当帰芍薬散《とうきしゃくやくさん》、五苓散《ごれいさん》、柴苓蕩《しれいとう》といったもので腎臓《じんぞう》の治療も続けなければならない。よって、再び子を宿すことは無理と思わなくてはならないだろう」

素庵は辛《つら》そうに眉根を寄せた。

「いいんです！　あちしは幾富士の生命《いのち》さえ助かれば、他にはもう何も望まない。じゃ、治療を続ければ、幾富士は元気になるんですね？」

「まだ予断《よだん》は許されないがな。取り敢えず、施術中に息を引き取る最悪の形は免《まぬが》れた」

おりきも素庵の傍まで寄って行くと、深々と頭を下げた。

「有難《ありがと》うございます。それで、もう幾富士さんに面会しても宜《よろ》しいのでしょうか？」

「ああ、構わない。が、恐らく、現在《いま》は薬が効いて眠っているだろうがな。おりきどの、幾富士を褒《ほ》めてやって下され。随分痛かったであろうに、幾富士は実によく堪《た》えた。尤も、余りの痛さに気を失ってくれたのが幸いしたともいえるのだがな。それでも、縫合《ほうごう》する頃には覚醒《かくせい》したはずなのに、歯を食い縛って、よく堪えてくれた……。幾富士が暴れないように手脚《てあし》を押さえていた代脈たちも、こんなに辛抱《しんぼう》強い女ごは初めてだと感心していたからよ」

「そうですか。頑張《がんば》ったのですね、幾富士さん……。さっ、幾千代さん、中に入りましょうか」

おりきが幾千代を支えるようにして、診察室に入って行く。

幾富士は施術室から出され、診察台に横たわっていた。

案の定、眠っている。

血の気《け》を失い、蠟人形《ろうにんぎょう》を想わせるほどに蒼白となった幾富士は、虚脱《きょだつ》したように眠っていた。

幾千代は声をかけようとしたが、思い留《とど》まると、愛おしそうにぽつりと呟いた。

「偉いよ、幾富士。よく頑張っておくれだね」

おりきも頷く。

「痛かったでしょうに、本当に、よく頑張ってくれましたわ」

素庵も傍に寄って来る。

「幾富士が目覚めたら病室に移し、暫くここで預かることになるが、当分は誰かがついていてやってほしい。無論《むろん》、代脈やわたしも傍にいるのだが、幾富士の場合、子を失った精神的な痛手《いたで》が大きいと思うのでな」

「あちしがついていますよ。病室というのは、素庵さまが書斎に使っていらっした離れのことですよね？　だったら、あちしもそこで寝泊まりをして、四六時中《しろくじちゅう》、ついていてやりますよ」

幾千代がきっぱりとした口調でいう。

「四六時中って、幾千代さん、お座敷はどうなさるのですか？」

おりきが訊ねると、幾千代は、そんなもん！　とぞん気に言い放った。

「休むに決まってるじゃないか！　生死の境を彷徨う幾富士を残して、酔客《すいかく》相手に舞《まい》や三味線《しゃみ》でもないだろう？　あたしは出居衆《でいしゅ》（自前芸者）だ。金や置屋《おきや》に縛られてるってわけじゃないからね」

「そうですわね。それがいいでしょう。幾千代さんが傍についておあげになると、幾富士さんも心強いでしょうからね。では、幾千代さんの三度の食事はうちから運ばせましょう。幾富士さんは暫くは病人食でしょうが、幾千代さんはそうもいきませんかられ」

幾千代は気を兼ねたように、首を竦めた。

「そうしてくれるかえ？　済まないね。鳥目《ちょうもく》（代金）はきちんと払うから、書出《かきだし》（請求書）をおくれよ。それでなきゃ、あちしは怒るからね」

「鳥目なんて……」

「やっぱ、そう言うだろう？　一食や二食じゃないんだ。鳥目を払わせてくれないのなら、あちしは食べないからね！」

「解りました。では、そうさせてもらいます」

おりきが苦笑する。

そこに、施術室のほうから、代脈の一人がおくるみに包《くる》んだ赤児《やや》を抱いて現れた。

おりきが咄嗟に幾千代の顔を窺う。

幾千代の顔には、戸惑《とまど》いの色がありありと窺えた。

「その子が、幾富士の赤児《やや》……」

「女の子です。臍《へそ》の緒《お》が首に絡《から》まって、それが死因でした」

代脈が幾千代に赤児《やや》を抱かせようとする。

幾千代は怯《ひる》んだように後退《あとじさ》った。

「最期《さいご》ですもの、抱かせてもらいなさいませ」

おりきがそう言うと、ようやく、幾千代は怖々《こわごわ》と両手を差し出した。

おりきも覗き込む。

胎内で窒息《ちっそく》したせいか、赤児《やや》の顔は赤黒く変色していたが、中高《なかだか》な調《ととの》った面差しをしていた。

どうやら、雛男《ひなおとこ》の又一郎に似たようである。

「この子が幾富士と又一郎の娘なんだね。可哀相に……。日の目を見ないままに死んじまって……」

幾千代の声は顫えていた。

「なんて可愛い顔をしてるのでしょう。無事に生まれていれば、さぞや、愛らしい娘に育ったでしょうにね」

おりきが囁《ささや》く。

「ああ、悔しい！　この子ったら、幾富士にちっとも似ていないんだもの。何から何まで、又一郎にそっくり……。だから、この子、あんな女誑《おんなたら》しの娘になんか生まれたくないって、とっとと、この世を去っちまったんだ！　けど、この気持はなんなんだろう……。あちしさ、この子が幾富士の胎内で育っているときも、胎内で死んじまったから取り出さなきゃならないと聞いたときも、まだ、どこかしらピンと来なくて、幾富士の生命《いのち》さえ助かればそれでいいと思ったんだけど、こうして、赤児《やや》の姿を目《ま》の当たりにすると、また別の想いが衝《つ》き上げてきてさ。無事に生まれてくれていたらと思うと、悔しくって……。だって、息をしていないだけで、ほら、手も脚も頭もちゃんとくっついてるんだよ……」

幾千代が肩を顫わせる。

すると、代脈が困じ果てたような顔をして、割って入ってきた。

「お嘆《なげ》きなのは解りますが、それで、赤児《あかご》はいかが致しましょう」

「いかがって、何が……」

「胎児として処理することも出来ますが、この子は産み月を満たしていますので、やはり、死産と見なし、相応《そうおう》の供養《くよう》をして差し上げたほうがいいかと思いますが……」

幾千代がきっと代脈を睨《にら》みつける。

「莫迦も休み休み言いな！　供養するに決まってるじゃないか！　この子は幾富士の娘、あちしにとっては孫も同然なんだからさ」

代脈は幾千代から鳴り立てられ、亀のように首を竦めると、這々《ほうほう》の体《てい》で施術室のほうに去って行った。

すると、どうやら、幾千代の甲張《かんば》った声に気がついたとみえ、幾富士がうっすらと目を開いた。

「おかあさん……」

幾富士はそう呟くと、傷口が痛むのか、ウッと顔を顰《しか》めた。

幾千代が幾富士の手を握る。

「気がついたんだね。よく頑張ったね、幾富士」

おりきも屈み込む。

「幾富士さん、偉いわよ。よく頑張って下さいましたね」

「女将さんも来て下さったんですか」

素庵が幾富士の傍に寄って行き、脈を確かめる。

「よし、順調のようだな。痛むか？　そうか、痛むよな。だが、おまえは実に勇敢《ゆうかん》だった。まだ暫くは痛みが続くだろうが、辛抱するんだよ」

そう言い、今度は額に手を当てる。

「熱もあまり高くないようだな。では、病室の仕度が済み次第、幾富士を移すことにしようか」

素庵は安堵の色を浮かべ、診察室を出て行った。

幾千代がおくるみを枕許《まくらもと》まで近づけ、幾富士に赤児《やや》を見せようとする。

「幾富士、ほら、これがおまえが産んだ赤児《やや》だよ。目鼻立ちのはっきりした子でさ。丈夫に育てば、きっと、美印《びじるし》（美人）になっただろうさ」

幾富士はつと顔を背《そむ》けた。

「嫌！　見たくない……」

「見たくないって、今見ておかないと、もう二度と見られなくなるんだよ」

「いいの。見たら、あたしの記憶に赤児《やや》の顔が残っちまう……。そんなの嫌だ！」

幾富士は箱枕《はこまくら》の上で首を振り、あっと顔を歪《ゆが》めた。

「幾富士さん、気を鎮めて下さいな。興奮すると、身体に障りますからね。まだ、傷口が塞《ふさ》がってはいないのですよ」

おりきはそう声をかけると、幾千代を見据《みす》えた。

「幾千代さん、解ってあげましょうよ。幾富士さんは辛いのですよ。赤児《やや》を失った現実だけでも辛いのに、顔を見ると、もっと辛くなりますもの……。その気持はわたくしにも解るような気がします」

「そうかもしれないね。じゃ、幾富士、このまま赤児《やや》を葬ってもいいんだね？」

幾千代が訊ねると、幾富士がハッと振り向いた。

「葬るって、海蔵寺の投込塚に？」

「莫迦だね。あちしがそんなことをするわけがないだろうに……。おりきさんに頼んで、妙国寺にちゃんと葬ってやりますよ。小さくてもいいから、墓も建ててやるよ。けど、そうなると、名前が必要だね。戒名がないのは仕方がないとしても、この子には俗名もないんだからさ。幾富士、女の子だったんだよ。おまえ、名前を考えていたのかえ？」

幾富士は何か考えているようだったが、小さな声で、ふよう……、と呟いた。

「あたし、芙蓉《ふよう》の花が好きで、女の子だったら、漢字で芙蓉とつけてやろうと思ってたの」

おりきが頷く。

「芙蓉……。まあ、なんて綺麗《きれい》な名前でしょう。幾千代さんもそう思いませんこと？」

「そうだね。源氏名《げんじな》にしても、そのまま通りそうな名だ」

「まっ、幾千代さんったら……」

幾千代は冗談口を言って、やっとすっきりしたらしく、

「悪いが、おりきさんから妙国寺の住持に話してもらえないかね？　話がつき次第、あちしがこの子を抱いて妙国寺を訪ねるからさ」

とおりきに囁いた。

そこに、代脈たちが病室の仕度が出来たと知らせに来る。

「では、わたくしはこの脚で妙国寺を訪ねて参ります」

おりきは幾千代に耳打ちすると、診察室を出て行った。


「そうけえ、そんなことになったとはよ……」

亀蔵が苦虫を嚙み潰したような顔をする。

「素庵さまが幾富士の腹を切開したと聞いたもんだから、俺ャ、どうなることかと気が気じゃなかったんだが、さすがは素庵さまよのっ……。幾富士の生命《いのち》が助かったん

だからよ。赤児《やや》のことは残念だったが、幾富士までが死んじまったんじゃ、元も子もねえからよ。では、もう安心なんだな？」

「取り敢えずはね。けれども、まだ予断は許されないそうですの。術後の経過もさることながら、幾富士さんは妊娠中の子腫による腎疾患をお持ちです。尿毒症《にょうどくしょう》を併発《へいはつ》すると生命《いのち》に障ることになりますからね」

おりきが辛そうに肩息を吐くと、亀蔵に茶を勧める。

「てこたァ、長引きそうなんだな？　けどよ、幾富士が暫く診療所から出られねえのは仕方がねえにしても、幾千代までがその間ずっとつき添うとはよ。お座敷にも出ねえってことなんだろ？　そりゃまっ、幾千代は大尽金《だいじんがね》を貸してしこたま貯《た》め込んでるのだろうから、金のこたァ心配《しんぺえ》ねえにしてもだぜ、そんなに永《なが》く休んでいいのかよ」

「贔屓筋《ひいきすじ》から苦情が出るとでも？」

「苦情が出るうちはまだいいが、あんまし永ェ《なげ》こと客の前に顔を出さねえと、忘れられてしまうんじゃねえかってことなんだよ」

おりきがくすりと肩を揺らす。

「ほら、また、親分の心配性《しんぱいしょう》が始まりましたよ。大丈夫ですよ。幾千代さんはひと月やふた月で忘れられるような方ではありませんよ。寧ろ、お客さまは首を長くしてお待ち下さるでしょう。だって、幾千代さんはこの品川宿でなくてはならない方なのですもの……。それに、此度《こたび》のことは瞬《またた》く間に品川中に知れ渡るでしょうし、幾千代さんが芸を擲《なげう》ってでも幾富士さんの看病に努《つと》めたと聞けば、贔屓筋もさすがは幾千代と見直されるかもしれませんわよ」

すると、それまで黙って聞いていた達吉が、仕こなし振りに入って来る。

「女将さんのおっしゃるとおり！　これまで幾千代姐さんはだだら大尽（湯水のように金を遣う客）を相手に高利の金を貸していたが、あいつら、姐さんが弱者には滅法《めっぽう》界《かい》情が厚いのも知らず、芸者だてらに金儲《かねもう》けに走る爪長女《つめながおんな》のように思ってたかもしれねえが、天骨もねえ！　これで一気に声望《せいぼう》が高まり、姐さんがお座敷に戻った暁《あかつき》には、やんやの喝采《かっさい》で迎え入れられるだろうな」

おりきも後を続けた。

「それに、いつまでもというわけではないのですもの。幾富士さんの容態《ようだい》が落着けば、四六時中つき添う必要がなくなります。そうなれば、幾千代さんは猟師町《りょうしまち》に戻れるでしょうし、診療所には日に一度顔を出すだけで、お座敷に出ることも可能になりますからね。少しの間の辛抱ですもの、わたくしたちも協力を惜《お》しまないつもりです」

「おっ、そういえば、これから毎日、姐さんの弁当を診療所に届けるそうですね。巳之吉から聞きやした。日に三食、しかも毎日となると、毎度同じものともいかねえし、さぞや、巳之吉も頭を悩ますことになりやしょう」

「おやおや、大番頭さんにまで親分の心配性が移ったようですね。日に三度といっても、朝餉《あさげ》はご飯に味噌汁といったものなので、これは診療所でお出し下さるそうですの。あとは、昼餉《ひるげ》と夕餉《ゆうげ》ですが、これもお客さまにお出しする気の張った弁当ではなく、日頃、私たちが口にする惣菜に握り飯といった簡単なものにするようにと巳之吉には言ってありますのよ。とはいえ、巳之吉のことですから、目でも舌でも愉しめる弁当を作ってくれると思いますがね」

おりきがそう言ったときである。

計《はか》ったように、板場側の障子《しょうじ》の外から声がかかった。

「巳之吉でやす」

「おっ、噂《うわさ》をいえば影が差す……」

亀蔵と達吉が顔を見合わせ、えへっと肩を竦める。

「お入り」

巳之吉は竹籠弁当《たけかごべんとう》を手にしていた。

「夜食用の弁当が出来やしたんで、末吉か潤三《じゅんぞう》に診療所まで届けさせて下せえ」

「夏場なので、竹籠にしたのですね」

「へい。中食《ちゅうじき》が松花堂《しょうかどう》だったんで、目先を変えたほうがいいかと思いやして……」

亀蔵が興味津々《きょうみしんしん》とばかりに、巳之吉を窺う。

「おっ、中を見てもいいか？」

「構いやせん。どうぞ」

どれどれと亀蔵が竹籠弁当の蓋を開ける。

「なんと……。おりきさんよォ、これのどこが俺たちが普段食べてるような惣菜でエ！　車海老《くるまえび》だろ？　出汁《だし》巻玉子《まきたまご》に鯛の子の煮物《にもの》、茄子《なす》田楽《でんがく》……。まだまだあるぜ。こりゃ、豪華《ごうか》版《ばん》だ！」

亀蔵は怒ったような顔をして、おりきに目を据えた。

それもそのはず、竹籠の底に葉蘭《はらん》が敷かれ、桜の花弁《はなびら》を象《かたど》った白飯《しろめし》の他に、出汁巻玉子、鮑の幽庵焼《ゆうあんやき》、鶉卵《うずらたまご》の穴子《あなご》巻《まき》、茄子田楽、鯛の子の含ませ煮、蛸の柔《やわ》らか煮、車海老の旨煮《うまに》、小芋《こいも》の含ませ煮、絹莢の翡翠《ひすい》煮が彩《いろど》りよく配され、花弁百合根《ゆりね》をところどころに散らしてある。

刺身のような生ものこそ入っていないが、これはもう、立派な客用弁当ではないか……。

巳之吉は平然とした顔をして答えた。

「わざわざ作ったものは何一つありやせん。旅籠の夕餉膳《ゆうげぜん》に出す料理の中から、弁当に合いそうなものを選んで詰めただけでやすから……」

「だから、それが、俺たちが普段食べる惣菜じゃねえと言ってるんだよ」

亀蔵が不服そうに唇をへの字に曲げる。

「親分、まあなんでしょう。まるで子供が駄々を捏ねるみたいに……。幾千代さんからはお代を頂くことになっていますのよ。お代を頂くのに、煮染《にしめ》や鹿尾菜《ひじき》、きんぴら牛蒡《ごぼう》とはいきませんわ。それに、巳之吉が言ったように、客室の夕餉膳にと作ったお菜を入れたのでこのようなものになりましたが、昼の弁当はもっと簡単なものだと思いますよ」

おりきが巳之吉に、ねっと、目まじする。

「ええ。旅籠では中食を出しやせんからね。それに、食べる側も、毎食ご馳走ふうでは飽《あ》きがきやすからね。今日の昼の弁当は握り寿司にしておきやした」

「握り寿司だって？　それだって、馳走じゃねえか！」

亀蔵が臍を曲げる。

まったく、こんなところは幼児とちっとも変わらない。

「親分、現在《いま》、幾千代姐さんは大変《てえへん》なときなんだ。四六時中、病人の傍についていなくちゃならねえんだから、気が滅入《めい》っちまう……。せめて、食べるものくれェ美味《うめ》ェもんを食って、気を晴らしてくれねえとよ」

達吉が宥めるように言うと、亀蔵もどうやら子供じみたことを言ったと恥じたようで、えへへっと照れ笑いをした。

「いけねえや。俺ャ、食い物のことになったら、いつもこうなんだ。つい、大人げのねえことを口走っちまってよ……。おっ、済まなかったな。幾千代に届けてやってくんな！」

達吉が竹籠弁当に蓋をすると、風呂敷《ふろしき》に包み帳場を出て行く。

巳之吉もぺこりと頭を下げると、板場に戻った。

おりきは亀蔵のために新茶を淹れようと、茶筒の蓋を開ける。

「初昔《はつむかし》を淹れますね。到来物《とうらいもの》の加増餅《かぞうもち》がありますのよ」

「おっ、赤坂御門外《あかさかごもんがい》の万文《まんぶん》か！　俺ャ、こいつに目がなくてよ」

加増餅と聞いて、亀蔵の機嫌《きげん》はすっかり直ったようである。

「ところで、幾富士の奴、赤児《やや》が死んじまったと知り、さぞや、気を落としただろうな。あいつ、生まれたら里子に出すなんてことを言ってたそうだが、その赤児《やや》が死んだんだ……。また複雑な気持だろうからよ」

「ええ。幾富士さんも最初《はじめ》は赤児《やや》の顔を見たくない、見ると、赤児《やや》の顔が記憶に残るからと言っていましたが、わたくしと幾千代さんが妙国寺に出掛けようとしましたら、突然、これが最期なのだから、やはり、一度だけ胸に抱いてみたいと言い出しましてね。幾富士さん、赤児《やや》の頬にご自分の頬を寄せ、ごめんね、ごめんね、丈夫に産んであげられなくてごめんねって、はらはらと涙を零《こぼ》しましてね。ああ、この女《ひと》もやはり母だったのだと思うと、わたくしも幾千代さんも貰い泣きをしてしまいましたのよ」

　おりきがしんみりとした口調で言う。

「十月十日《とつきとおか》、腹ん中にいたんだもんな。いくら子なんて欲しくねえと思っていても、胎児が腹ん中で暴れれば、嫌でも、母としての実感を覚えずにはいられねえからよ。しかもよ、ほんの束《つか》の間にせよ、幾富士は又一郎に惚《ほ》れたんだからよ。愛しい男の子だと思うと、堪んねえだろうな……」

　おりきも頷く。

「幾千代さんとわたくしだけの寂しい野辺送《のべおく》りとなりましたが、白木の墓標《ぼひょう》に住持が芙蓉童女《ふようどうじょ》と記《しる》して下さいましてね。動けるようになったら、幾富士さんもお詣りするそうですが、その頃には、墓標が小さな墓石に変わっていることでしょう」

「芙蓉童女とな……。てこたァ、芙蓉っていうのが、その赤児《やや》の名前《なめえ》なのか」

「ええ、芙蓉は幾富士さんの好きな花なのですって」

「芙蓉か……。寂しげだが、なかなかいい名じゃねえか。だがよ、考えてみると、死ぬためにこの世に生まれてきたんだもんな。それが宿命《さだめ》だとはいえ、切《せつ》ねえ話だよな」

「それを思うと、わたくしたちは生あることに感謝しなければなりませんわね」

おりきは寂しそうに笑うと、亀蔵に加増餅と新茶を勧める。

亀蔵は相好を崩した。

「これこれ！」

なんともはや、現金なこと！

たった今、世を儚《はかな》んだばかりというのに、亀蔵はもう満面《まんめん》に笑みを湛《たた》えている。

やれ、とおりきは肩息を吐いた。

葉月《はづき》（八月）に入ると、朝夕、肌を撫《な》でていく風に、どこかしら秋隣《あきどなり》を感じるようになった。

あと五日もすれば、品川宿最大の行事といえる品《しな》の月……。

品の月とは、正月、七月の二十六夜《にいざよい》、八月十五夜《じゅうごや》、九月十三夜《じゅうさんや》（後《のち》の月）と、月の名所として知られる品川宿の月見行事のことである。

この日ばかりは、江戸や近郊からどっと月見客が押しかけ、立場茶屋おりきの旅籠でも、早くから全室予約で埋《う》まっていた。

「喜市さん、ご承知とは思いますが、十五日は芒《すすき》や桔梗《ききょう》の他に山野草を多めに持って来て下さいね」

おりきは茶屋や旅籠の客室用の花を選びながら、多摩の花売り喜市に声をかけた。

「へっ、解ってやす。客室の縁側を野山に見立て、山野草で埋めつくすのでやしょう？」

「ええ。七、八年ほど前に思いつきでやってみましたところ、お客さまが悦んで下さいましてね。それで、止《や》められなくなりましたの。板頭の料理もさることながら、月見の風情《ふぜい》を愉しみに来て下さるお客さまのことを思うと、大変だなんて言っていられませんからね。喜市さんも大量に草花を集めるのはさぞかし難儀《なんぎ》なことと思いますが、宜しくお願いしますね」

「難儀だなんて滅相もねえ！　てめえが採《と》って来た草花で女将さんが見事に山野を再現して下さり、客がそれを見て悦ぶと思うと、あっしは嬉しくって……。娘のおえんや婿に号令《ごうれい》をかけて、女将さんに満足していただける草花を集めて来やすから、安心して下せえ」

「おえんさんのお腹の赤児《やや》は順調に育っていますか？　確か、現在は六月《むつき》かと……。するど、冬には生まれるのですね」

喜市は嬉しそうに、へへっ、さいで……、と答えた。

「腹帯《はらおび》をした途端、布袋《ほてい》さまみてェな腹になっちまって……。まあ、よく食うこと、食うこと！　食い過ぎじゃねえかと言ってやるんだが、おえんの奴、自分が食ってるんじゃねえ、お腹の赤児《やや》が食ってるんだ、とけろりとした顔をしやがってよ。それで、食うのは構わねえが、身体のためにも少しは動いたほうがいいんだと、此《こ》の中《じゅう》、草花の採取に山野を歩かせていやしてね。まっ、危《あぶ》ねえ場所には行かせやせんが、それがちょいとした運動になるらしくて、採取から帰《けえ》った途端に、お櫃《ひつ》を抱え込むようにして、食うこと、食うこと……」

喜市はそう憎体口《にくていぐち》を叩いたが、言葉とは裏腹に、その顔はでれりと脂下《やにさ》がっている。

「大事にして下さいね。せっかく授かった生命《いのち》ですもの、無事に生まれてきてもらいませんとね」

　おりきはそう言うと、髭籠《ひげかご》の中を覗き込んだ。

　葉が升麻《しょうま》に似ていて、蓮《はす》のように美しい多弁《たべん》の花をつけることから名がついた、蓮《れん》華升麻《げしょうま》に、巴草《ともえそう》、藤空木《ふじうつぎ》、水引、青葛藤《あおつづらふじ》、そして、白芙蓉《しろふよう》に赤芙蓉《あかふよう》……。

　おやっと、おりきは目を瞠《みは》った。

　五弁《ごべん》の芙蓉に混じって、八重《やえ》の芙蓉が……。

　五弁の芙蓉は朝露《あさつゆ》を含んで花を開き、夕方には萎《しぼ》んでしまうが、八重咲《やえざ》きには、朝方は白色、午後になると淡紅色《たんこうしょく》、そして夜分は紅色《べにいろ》と色を変え、一昼夜たっても萎まない酔芙蓉《すいふよう》という品種があるという。

「喜市さん、これは……」

　おりきが八重の芙蓉を指差す。

「ああ、酔芙蓉ですら。珍しいかと思って、一本しかねえけど持って来やした」

　おりきの脳裡《のうり》を、幾富士と亡くなった赤児《やや》の芙蓉が駆け抜ける。

　そうだわ、酔芙蓉を幾富士に届けてやろう。

　五弁の芙蓉のほうには蕾《つぼみ》がまだ幾つもついているので、赤児の墓に供えてやれば、墓前で次々と花を開くであろう。

朝方開き、夕方には萎んでしまう、儚い生命《いのち》……。美人薄命《びじんはくめい》という言葉は、楚々《そそ》とした気品と艶麗《えんれい》さを兼ね備《そな》えた、この花を譬《たと》えたものといわれる。

考えてみると、死ぬためにこの世に生まれてきたんだもんな。それが宿命《さだめ》だとはいえ、切ねえ話だよな……。

亀蔵の言葉が甦《よみがえ》る。

けれども、一夜明けてもまだ萎まない芙蓉もあるのだ……。

おりきは酔芙蓉を幾富士の枕許《まくらもと》に飾ってやりたいと思った。

挫《くじ》けるのではありませんよ。

たとえ一瞬であれ、母になれた悦びを味わえたのですもの、それが、女ごにとってどれだけ幸せなことか……。

そう、幾富士に言ってやりたい。

「おっ、雨かや」

喜市が空を見上げる。

霧《きり》のような雨が、しくしくと、中庭を濡《ぬ》らしていく。

上空に陽の光が見えるので、日照雨《そばえ》であろう。

が、喜市につられて空を見上げたおりきは、その刹那《せつな》、赤児《やや》が泣いているのだ、と思った。

しとしとよりも、しくしくのほうが相応しい霧雨《きりさめ》……。

芙蓉の涙といったほうがよいかもしれない。

こぼれ萩《はぎ》

幾千代《いくちよ》が立場茶屋《たてばぢゃや》おりきから届いた弁当を手に病室に入っていくと、蒲団《ふとん》から起き上がろうと四苦八苦《しくはっく》している幾富士《いくふじ》の姿が目に入った。

「幾富士、どうしたっていうのさ！　えっ、厠《かわや》に行きたいのかえ？」

幾千代が慌てて駆け寄り、幾富士の身体《からだ》を支える。

「ううん。寝てばかりでは腰が痛くなるんで、少し身体を起こしてみようと思って……」

「けど、おまえ……。傷が塞《ふさ》がったといっても、まだ無理は出来ないんだよ」

「大丈夫だよ。素庵《そあん》さまだって、そろそろ身体を慣《な》らしたほうがいいと言われたじゃないか。寝てばかりでは、身体が鈍《なま》っちまう」

「そりゃそうなんだけどさ……」

「ほら、おかあさん、手を貸してよ！」

「しょうがないね、まったく……」

幾千代が幾富士の身体を抱《かか》え起こす。

幾千代の胸がきやりと揺《ゆ》れた。

なんと、幾富士の軽いこと……。

まるで藁人形《わらにんぎょう》のような手応《てごた》えに、幾千代は胸を熱くした。

身一つとなり、腎疾患《じんしっかん》の治療のために食事制限をされているのだから仕方がないと解《わか》っていても、なんだか若さまでが奪《うば》われてしまったようで、それが幾千代には堪《たま》らなく思えるのだった。

どうやら、幾千代の想《おも》いを察したようで、幾富士が呟《つぶや》く。

「あたし、すっかり窶《やつ》れちまったね……」

「なに、病《やまい》が治《なお》れば、また元の元気な姿に戻れるさ。それにさ、今日は、おまえの弁当もあるんだよ。巳之《みの》さんがさ、病人食だけじゃ味気《あじけ》ないだろうからと、素庵さまから食べてもよいものを聞き出して、おまえのために弁当を作ってくれたんだよ。巳之さんがね、塩分を控《ひか》えたり、全体に味を薄くしたので物足りないかもしれないが、せめて、目で愉《たの》しんでくれって、そう言ってたよ。後で一緒に食べようね」

「旅籠《はたご》の板頭《いたがしら》があたしのために……」

幾富士の目に熱いものが衝《つ》き上げる。

「おやおや、どうしたえ?」

「あたし、皆がこんなに善《よ》くしてくれるのが嬉《うれ》しくって……。女将《おかみ》さんも毎日のように顔を出して下さるし、この前なんか、一日では萎《しお》れない花だといって、酔芙蓉《すいふよう》を持って来て下さったでしょう? あたし、涙が出るほど嬉しかった……。女将さんね、あたしが芙蓉の花が好きだからというだけじゃなく、頑張《がんば》れよって励まして下さったんだよ。そう思うと、一日も早く病を治して、おかあさんや女将さんに恩返しをしなくちゃ、申し訳なくて……」

「恩なんて返してくれなくていいんだよ。けど、早く良くなってもらいたいもんだね。そうだ、幾富士、気分転換に髪を梳《す》いてやろうか?」

「永《なが》いこと洗っていないから、おかあさんの手が汚れるよ」

「何言ってんだよ! 汚れたら、洗えば済む話じゃないか」

幾千代はそう言うと、幾富士の膝《ひざ》や周囲《まわり》を油紙で覆《おお》い、草束《くさたば》ねにした幾富士の髪を解《ほど》いた。

そうして、鬢盥《びんだらい》の中から櫛《くし》を取り出すと、丁寧《ていねい》に幾富士の髪を梳いていく。

鬢盥は病室で寝泊まりをすることになり、急遽《きゅうきょ》、お端女《はした》のおたけに運ばせたものである。

それればかりか、現在《いま》、病室の中には、幾千代の夜具《やぐ》一式、着替えを入れた柳行李《やなぎごうり》、茶道具の入った茶櫃《ちゃびつ》に枕屏風《まくらびょうぶ》……。

長火鉢《ながひばち》が見当たらないだけで、これでは、まるで猟師町《りょうしまち》の幾千代の部屋がそっくり移ってきたようではないか。

「あと三日で、重陽《ちょうよう》だね」

幾富士が思い出したように言う。

「温習会《おんしゅうかい》のことを気にしているのかえ？」

「去年の温習会で、あたしがおかあさんの三味線《しゃみ》で『浮《う》き舟《ふね》』を舞ったのを憶《おぼ》えてる？　たった一年前のことなのに、なんだか、遠い昔のことのように思えてさ……」

幾富士が寂《さみ》しげに微笑《ほほえ》む。

「ああ、一世一代の晴れ舞台だったね……。薫《かおる》と匂 宮《におうのみや》の二人に慕《した》われて、悶々《もんもん》としながら宇治川《うじがわ》に身を投《とう》じた浮舟《うきふね》を、おまえは見事に舞ってみせたんだもんね。舞《まい》を苦《にが》手《て》としたおまえが女心をあそこまで表現したかと思うと、三味線《しゃみ》を弾《ひ》きながら、あちしもつい目頭《めがしら》を熱くしたもんだよ」

「又一郎《またいちろう》に出逢《であ》わなかったら、今年も温習会で舞えたんだよね……。あたしさァ、赤児《やや》がお腹《なか》にいる頃は、産んだらすぐにでもお師《し》さんに稽古《けいこ》をつけてもらい、今年の温習会では『由縁《ゆかり》の月』を舞おうと思ってたんだ。それなのに、舞どころか、こんな病人になっちまって……。もう二度と舞が舞えないのじゃないかと不安になってさ」

「てんごう言ってんじゃないよ！　元気になれば、またいくらでも舞えるんだ。おまえ、あちしの歳《とし》になるまで何年あると思ってるんだえ？　人生は永《なが》いんだ。だから、現在《いま》はひと休みと思って、ゆっくり静養することだね」

幾千代は言葉尻を荒げたが、幾富士の気持が解らなくもなかった。

温習会は日頃の稽古の成果を師匠に見せる場であり、お座敷で客に舞を披露《ひろう》するのとは違って、芸者にとっては力量が試《ため》されるときである。

客の目はごまかせても、師匠の目はごまかせない。

それだけに、負けん気の強い幾富士は、敢《あ》えて難《むずか》しいといわれる舞を選び、毎年、温習会で舞ってきたのである。

「『由縁の月』って、好きでもない男に身請《みう》けされた遊女が、これからは思い人に逢えなくなる哀《かな》しみを月影に寄せて嘆《なげ》くって舞でしょ？　あたし、現在《いま》なら、この女心を上手《うま》く表現できると思ってたんだけど……」

「だからさ、それは元気になったときのために取っておけばいいじゃないか……。さっ、髪が梳けたよ。ごらんよ、身体は衰弱しても、ほら、黒髪だけはこんなにたっぷりとしてるじゃないか！　この髪で島田《しまだ》を結《ゆ》ってさ、『由縁の月』でもなんでも舞ったらいい……。が、それには体力をつけるのが先決だからさ。軸足《じくあし》がしっかりしていなきゃ、よい舞は舞えないからさ！　じゃ、あちしは手を洗ってくるよ。厨《くりや》で湯を貰《もら》ってくるから、それから弁当を食べようじゃないか」

幾千代が油紙を片づけ、鬢盥に櫛を戻そうとする。

が、思い直すと、幾富士の髪をくるりと捩《よじ》り、櫛巻《くしま》きにしてみる。

「ほら、髪を上げると、どこかしら元気そうにみえるじゃないか……。横になるときにまた下ろせばいいのだから、弁当を食べる間だけでも、上げておくといいよ」

「おかあさん、鏡を見せて……」

幾千代は幾富士に手鏡《てかがみ》を渡すと、手を洗いに井戸端へと出て行った。

そうして、手洗いを済ませ、厨に声をかけて湯を分けてもらうと、再び、病室へと戻る。

幾富士は手鏡を手にしたまま、蒲団に突っ伏していた。

幾千代の胸が激しく音を立てた。

「どうしたえ、おまえ……。気分が悪いのかえ？」

幾千代が挙措《きよそ》を失い寄って行くと、幾富士はそろりと顔を上げ、首を振った。

「違うの。こんなにも窶れちまったのかと思うと、なんだか身体から力が抜けていくようで……」

幾千代が幾富士の手から鏡をさっと奪い取る。

「現在《いま》だけだよ。元気になれば、また元に戻るんだからさ！　さァさ、弁当を食べようじゃないか。ほら、松花堂《しょうかどう》だよ。ごらんよ、水無月豆腐《みなづきどうふ》が入ってるし、おまえの好きな鯛《たい》の子の含《ふく》め煮《に》も入ってるじゃないか……」

幾千代が松花堂弁当の蓋《ふた》を開け、わざと燥《はしや》いだように言う。

四枡《よんます》に仕切られた松花堂の一枡《ひとます》は、小豆《あずき》の入った水無月豆腐……。

水無月豆腐は通常六月に出されることが多いが、巳之吉《みのきち》は病の幾富士のために、胡麻豆腐《ごまどうふ》に小豆を加えることで、旨味《うまみ》と滋養《じよう》を倍増《ばいぞう》させたに違いない。

そうして、もう一枡には、鯛の子の含め煮と秋茄子《あきなす》の煮物《にもの》。

幾富士が魚の子に目がないと知り、恐らく、薄味《うすあじ》に仕上げてくれたのであろう。

そして、他の枡には、出汁巻玉子《だしまきたまご》、南瓜《かぼちゃ》、才巻海老《さいまきえび》、冬瓜《とうがん》の煮物……。

残りの枡が、松茸《まつたけ》ご飯と香《こう》の物。

幾千代の松花堂も内容はほぼ同じだったが、幾分量が多めで、どうやら味つけも違うようである。

「まっ、松茸ご飯じゃないか！　そう言えば、今年は初めてだったね。どうだえ？

食べられそうかえ？」

　幾千代が幾富士の顔を覗《のぞ》き込む。

「なんて綺麗《きれい》なんだろう……。此《こ》の中《じゆう》、病人食ばかりだったんで、なんだか、まともな料理にお目にかかるのは久し振りのような気がするよ」

　幾富士も嬉しそうに箸《はし》を取った。

「美味《おい》しい……」

　幾富士が鯛の子の含め煮を口に運び、目を細める。

「薄味にしたと言ってたけど、物足りなくないかえ？」

「ううん。鯛の子本来の旨味があり、濃《こ》いめに味つけするより、寧《むし》ろ、美味しいかもしれない……。それにさ、このプチプチとした食べたときの感じが堪んない！」

　幾富士が目を輝かせる。

　なんと、これが、つい今し方まで窶れたと言って世を儚《はかな》んでいた幾富士と、同一人物かと疑いたくなるほどの変わりよう……。

　どうやら食べ物には、暝《くら》く沈んだ心でさえ高揚《こうよう》させる、そんな威力があるようである。

　続いて、幾富士の箸は松茸ご飯へと伸び、出汁巻玉子、才巻海老にと……。

幾富士は喋《しゃべ》るのも忘れて、夢中で食べ続けた。

が、水無月豆腐を食べ終えると、意を決したように、幾千代に目を据《す》えた。

「おかあさん、こうして普通食を食べてもよいとお許しが出たことだし、そろそろ猟師町に帰ってくれていいよ。随分《ずいぶん》永いこと、お座敷を休ませちまって悪かったね」

「けど、おまえ……」

「素庵さまが身体を慣らせと言われるほどだもの、もう、あたし一人でも大丈夫ってことなんだよ。それにさ、素庵さまがあたしの傍《そば》についていたほうがいいと言われたのは、赤児《やや》を失い、あたしが気の方《かた》(気鬱《きうつ》)に陥《おちい》るのじゃないかと案じられてのことなんだけど、あたしはもう大丈夫……。心の中で折り合いがついたし、あたしはこんなことではめげないからさ! 堕胎《だたい》が原因《もと》で生命《いのち》を落とした姉ちゃんのことを思うと、あたしは生命が助かったんだもの……。い、い、くじくじなんてしていられない! 姉ちゃんの分まで生きていかなきゃ、罰《ばち》が当たっちまうからさ」

幾富士は姉のおやすのことを言っているのである。

大井村《おおいむら》の水呑百姓《みずのみびゃくしょう》の娘に生まれたおやすは、奉公に上がった海産物問屋小浜屋《こはまや》の主人《あるじ》のお手つきとなり、身籠《みご》もった挙句《あげく》に堕胎を強《し》いられ、それが原因《もと》で、生命《いのち》を落としてしまったのである。

その恨《うら》みを晴らそうと、産女《うぶめ》に化《ば》けて小浜屋を脅《おど》そうとした、妹のおさん（幾富士）……。

気の勝った娘とは思っていたが、ここまで幾富士が気丈《きじょう》だったとは……。

「そうだね。いつまでもくじくじとしてたんじゃ、死んだ姉ちゃんや芙蓉《ふよう》が嘆くだろうからさ。じゃ、あちしは猟師町に引き上げることにするが、毎日、ここに顔を出すからさ」

幾千代も明るい声で答える。

「おかあさんが帰ると、姫《ひめ》が悦《よろこ》ぶだろうね！」

幾富士が片目を瞑《つぶ》ってみせる。

その瞬間、幾千代の脳裡《のうり》を黒猫の姫の姿が過《よ》ぎった。

おたけが毎日診療所に顔を出し、姫がどうしたこうしたと逐一《ちくいち》報告してくれていたが、猟師町に帰れるとなったら、途端《とたん》に、胸が張り裂《さ》けそうになるほど、姫が恋しくて堪らない。

姫、姫や……。

帰ったら、思いっ切り、愛撫《あいぶ》してやるからね！

ああ、あのふわりとした毛の感触《かんしょく》……。

一刻も早く、姫に逢いたい！

お庸《よう》はお持たせの甘露梅《かんろばい》を食べ終えると、満足そうに極上《ごくじょう》の笑《え》みを浮かべた。

「これね、勝太郎《かつたろう》さんの土産《おみや》なんですよ」

お茶を淹《い》れていたおりきが、えっと顔を上げる。

「まあ、田澤屋《たざわや》の若旦那が五丁《ごちょう》（新吉原《しんよしわら》）に？」

お庸はくくっと肩を竦《すく》めた。

「旦那さまの名代《みょうだい》で寄合《よりあい》に出られたのですがね。流れで北（新吉原）まで脚《あし》を伸ばすことになったそうでしてね。ところが、冷《ひ》やかし半分で誘《さそ》われるままについて行き、戌時《いぬのとき》（午後八時）には引き上げるつもりだったのが、いつしか亥時《いのとき》（午後十時）となり、気づくと引け四ツ（午前零時《れいじ》）になっていたという按配《あんばい》でしてね。勝太郎さんにしてみれば、恐らく、どの面《つら》下げて帰ればいいのか戦々恐々《せんせんきょうきょう》として、生きた空もなかったのでしょうね……。というのも、勝太郎さんの嫁というのが虫も殺さないような顔をして気性の強い女《おな》ごで、勝太郎さんは尻に敷《し》かれっぱなしでしてね。これまで道楽のひとつしたことがなかったものだから、咄嗟《とっさ》に口実も思いつかない……。それで、女房の歓心《かんしん》を買おうと甘露梅を大量に買い込んできたんですよ。ところが、嫁がそんなものでごまかされるわけがありません。遊女の匂《にお》いのする、そんな菓子《かし》など見るのも嫌《いや》だと勝太郎さんの顔に箱ごと投げつけましてね。それで、大量の甘露梅が本宅へと廻《まわ》ってきたのですよ。お陰で、ご隠居さまは大悦《おおよろこ》び！　こんなに美味しいものをあたしたちだけで食べるのは勿体《もったい》ない、是非《ぜひ》にも、おりきさまにお裾《すそ》分けをしたいと、そう言われましてね」

「まあ、そうだったのですか」

「お好きでしょ？　甘露梅」

「ええ、大好物ですわ。それで、勝太郎さまご夫妻はどうなりましまして？」

お庸はまた肩を揺らした。

「どうもこうもありませんよ。一時は嫁が暇《ひま》を貰うと大騒動でしたが、暇を貰うといっても、あの嫁には帰る場所なんてありませんからね。田澤屋に嫁に来た年、実家《さと》の双親《ふたおや》が相次いでなくなり、現在《いま》は、兄夫婦が砂糖屋《さとうや》を継《つ》いでいますが、そんなところに出戻ったところで肩身《かたみ》が狭《せま》いだけのことですからね。それより、今や飛ぶ鳥を落とすほどに隆盛《りゅうせい》を誇る田澤屋の嫁でいるほうがどれだけ幸せか……。それが解っているものだから、旦那さまも奥さまも平然とした顔をしていらっしゃいましてね。ご隠居さまも、女遊びのひとつ出来ないようでは大店《おおだな》の主人《あるじ》とはいえない、勝太郎もようやく一人前の男になれた、とけろりとしていらっしゃいますからね。あたしなんて、死んだ亭主にどれだけ泣かされたことか……。あたしが見栄《みば》えのしないこんな女ごなものですから、さすがに手懸《てかけ》を囲《かこ》うことこそしませんでしたが、南北両本宿《なんぼくりょうほんじゅく》、歩行新宿《かちしんじゅく》と、随所《ずいしょ》に贔屓《ひいき》の飯盛女《めしもりおんな》がいましたからね。けれども、どんなに内を外にしても、必ず、あたしの元に戻って来ましたよ。本木《もとき》に勝《まさ》る末木《うらき》なしってところですかね……。そのうち、あたしのほうでも亭主の道楽にすっかり慣れちまって……。きっと、ふてぃ、らっこく(図々《ずうずう》しく)なったのでしょうね。だって、そうでしょう? あたしに愛想《あいそ》尽《づ》かししたのなら、こんなに地味で目立たない女ごなんて、三行半《みくだりはん》を突きつけたでしょうが、やっぱり、おまえが作る味噌汁《みそしる》が一番美味《うま》いと言って帰って来るんですもの……」

おやおや、聞いていれば、最後はのろけ……。

だが、そうかもしれない。

おりきの脳裡を堺屋栄太朗《さかいやえいたろう》の顔が過ぎった。

派手《はで》好きで、人を人とも思わない厚顔《こうがん》な男、栄太朗……。

だが、商《あきな》いには貪欲《どんよく》で、常に、己《おのれ》を高見《たかみ》にあげようと心懸《こころが》けていた。

おりきには百歩譲《ゆず》ってても好きになれそうもないが、栄太朗は最期《さいご》までお庸を妻として護《まも》り徹《とお》したのである。

男と女ご、ことに夫婦《めおと》の間のことは、他人《ひと》には計《はか》れない。

してみると、傍目《はため》には嬶天下《かかあでんか》のように映《うつ》っていても、肝精《きもせい》を焼くほど、勝太郎の女房は亭主に惚《ほ》れているということ……。

案外、おふなや田澤屋伍吉《ごきち》が言うように、案じることはないのかもしれない。

「ところで、あたしが今日来ましたのは、甘露梅を届けたかったからだけではないのですよ」

お庸が茶を飲み干すと、おりきを瞠《みつ》める。

「と申しますと……」

おりきが目を瞬《しばたた》く。

「月見のことですよ」

ああ……、とおりきが恐縮したように頭を下げる。

「申し訳ありませんでした。せっかくお声をかけていただいたのに、生憎《あいにく》、十五夜は半年以上も前から予約が入っていましてね。広間でも空《あ》いていればよかったのですが、あの日は広間まで詰まっていましてね」

「早く予約をしなかったあたくしどものほうが悪いのですが、ご隠居さまがそれはもうガッカリなさいましてね。仕方がなく、あたしが二階の縁側に芒《すすき》や萩《はぎ》、桔梗《ききょう》といった草花を飾り、月見団子を供《そな》えて手料理でお茶を濁《にご》したんですけどね。ところが、ご隠居さまったら、立場茶屋おりきの板頭が作る月見膳《つきみぜん》を食べたかったのだ、こんなちまちまとした草花でごまかし、これのどこが山野で月を愛《め》でる風情《ふぜい》なのだ、と臍《へそ》を曲《ま》げられてしまいましてね」

「それは申し訳ないことを致しました」

「それで、後《のち》の月（十三夜）は是非にも立場茶屋おりきでと言われましてね」

おりきの顔がつと曇《くも》る。

「えっ、後の月も駄目なんですか！」

「申し訳ございません。十五夜を愛でられたお客さまは片月見《かたつきみ》を嫌われ、大概《たいがい》が、後の月もごらんになりますの。それで、こちらも、半年以上前から予約が入っている状態なのですよ」

「まっ、なんて贅沢《ぜいたく》な……。十五夜を立場茶屋おりきで見たのなら、後の月は他の客に譲《ゆず》ってくれてもいいものを……」

お庸が唇を尖《とが》らせる。

おりきも出来るものならそうしたかった。

が、通人《つうし》ほど、どちらか一つを見逃すのを片月見といって忌《い》んだのである。

お庸はふうと太息《ふといき》を吐《つ》いた。

「けど、間際《まぎわ》になって、予約が取り消されるってこともあるんでしょう?」

「それが、滅多《めった》にそういうことがありませんのよ。予約を入れていても、お客さまの中でどなたかが都合のつかなくなることはありますが、その場合は、お仲間が他の方を立ててお見えになりますのでね。一室すべてがなくなるということは、まず以《もっ》てないかと……」

「そうは言っても、万が稀《まれ》ってことがあるかもしれないではないですか」

飽《あ》くまでも、お庸は引き下がろうとしない。

「ええ、それはそうですね」

「では、万が稀ってことがあれば、まず一番に声をかけていただけますか? ご隠居さまと七海《ななみ》堂《どう》の七海さまに、あたしですが、三人では少ないとお言いなら、旦那さまや勝太郎さん、七海堂の金一郎《きんいちろう》さまにも声をかけてみますので……」

「いえ、予約をお受けしたからには、うちは二人でも三人でも構いませんのよ」

「じゃ、約束して下さいますね？」

「ええ、解りました」

「ああ、良かった！　これで、子供の遣《つか》いにならずに、胸を張って帰れますわ」

お庸はやれと胸を撫《な》で下ろしたようだが、まだ何か気にかかることでもあるのか、ふと不安な色をみせた。

「何か？」

おりきが訊《たず》ねると、お庸は気を兼ねたように上目遣《うわめづか》いにおりきを窺《うかが》った。

「いえね、期待をさせておいて、糠喜《ぬかよろこ》びに終わったのでは、ご隠居さまが余計こそ落胆《らくたん》なさるのじゃないかと思いましてね」

「それはそうですわね」

おりきは暫《しば》し考え、ハッと顔を上げた。

「では、こうしたらどうでしょう。予約の取り消しがあるとすれば前日までなので、取り消しがないようならば、板頭に頼んで月見膳を弁当にしてもらいましょう。それをお宅まで運ばせますので、此度《こたび》は田澤屋で後の月を愛でていただいてはどうでしょう。縁側を野山の風景に飾るのであれば、当日、多摩《たま》の花売りから多めに草花を仕入れ、わたくしが飾りに参りましょう」

　お庸が目から鱗《うろこ》が落ちたような顔をする。

「本当にそうしていただけますか？　ああ、それなら、ご隠居さまも不足はないでしょう」

「では、その場合、何人分ご用意すればよいのでしょう」

「現在《いま》判《わか》っているのは、ご隠居さまと七海さまとあたしの三人ですが、旦那さまや奥さまがどうなさるか訊《き》いて、改めて連絡させていただきます」

　お庸がそう答えたとき、玄関側から声がかかった。

「入《へえ》るぜ！」

　亀蔵《かめぞう》親分の声である。

　お庸がさっとおりきを見る。

「では、あたしはこれで……」

　お庸が頭を下げるのと同時に、障子《しょうじ》が開いた。

「おっ、来客だったのか……」

「いえ、丁度、お暇《いとま》するところで……」

「なんでェ、堺屋《さかいや》の後家《ごけ》じゃねえか。おっ、いいのかよ。なんだか俺が追い立てるみてェだが……」

「いえ、本当に、もう用が済んだところでしてね。では、おりきさま、宜《よろ》しくお願い致します」

お庸はそう言い、帳場を後にした。

「おりきさんよ、本当によかったのかえ？」

亀蔵は長火鉢の傍まで寄って来ると、どかりと腰を下ろした。

「ええ、宜しいのよ。丁度、お帰りになるところでしたの」

おりきはふわりとした笑みを返すと、茶の仕度《したく》を始めた。

「おっ、甘露梅じゃねえか！」

さすがは亀蔵、目敏《めざと》く猫板《ねこいた》の上の甘露梅に目を留《と》める。

「お庸さまのお持たせですのよ。どうぞ、召し上がって下さいな」

「ほう、お庸さんの……。俺《おり》ャ、こいつに目がなくてよ。青梅《あおうめ》と紫蘇《しそ》の香りが絶妙でよ。品のよい甘さが堪《こた》えられねえや！　じゃ、馳走《ごち》になるぜ」

亀蔵は甘露梅を口に運ぶと、これこれ、と相好《そうごう》を崩《くず》した。

「いつ食っても、実に美味《うめ》ェ！」

「さっ、お茶が入りましたよ」

「おっ、かっちけねえ（忝《かたじけ》ない）！　そりゃそうと、幾千代、今日からお座敷に出てるんだってな」

亀蔵が茶をぐびりと飲み、おりきを見る。

「あら、そうなのですか……」

おりきが訝《いぶか》しそうな顔をする。

猟師町の仕舞《しも》た屋に帰ることになったと聞いてはいたが、まさか、もうお座敷に出ているとは……。

「なんでェ、聞いてねえのかよ。ははァん、それでか……。いや、今し方、行合橋《ゆきあいばし》近くで幾千代と出会《でくわ》したんだがよ、芸者姿をしているもんだから、いつから出てるんだと訊ねると、今日からだと言うじゃねえか。それで、じゃ、おりきさんもそのことを知っているのかと訊くと、幾富士を見舞った後で旅籠に廻るつもりだと、ちょっと狼狽《うろた》えた様子でよ。大方、事後報告になっちまったことで慌てたんだろうて」

と、そのとき、再び、障子の外から声がかかった。

「女将さん、幾千代姐《ねえ》さんでやすが、お通ししても構わねえでしょうか」

番頭見習の潤三《じゅんぞう》の声である。

おりきは亀蔵に目まじすると、声を返した。

「構いません、どうぞ」

幾千代は芸者姿だった。

「今日からお座敷に出ていてね。それがさ、猟師町に戻ったのはいいが、お座敷に出ないと何故《なぜ》かしら手持ち無沙汰《ぶさた》でさ。それに、重陽には恒例《こうれい》の温習会があるだろ？幾富士も今年は自分が出られないもんだから、気にしていてね。吉川《きつかわ》の三弥《みつや》よし本の若里《わかさと》が何を舞うのかあちしに探《さぐ》って来いと言い出してさ。この二人は幾富士の競争相手といってもよく、幾富士ったら二人に比べて歳を食ってるもんだから、敵対心《てきたいしん》丸出しでさ……。まっ、それだけ負けん気が戻ったということは、幾富士も前向きに生きようって気になったってことなんだろうさ。それで、今日からあちしもお座敷に出ることにしたんだよ」

幾千代が気を兼ねたように言う。

「そうだったのですか。けれども、久し振りのお座敷とあっては、お疲れになったのではないですか」

おりきが幾千代に茶を勧《すす》める。

「疲れるもんか！　却《かえ》って、元気が出たよ。三味線《しゃみ》を弾《ひ》いてると、生き返ったような気がしてさ。ああ、あちしは骨の髄《ずい》まで芸者なんだなと思っちまってさ……。本当は、お座敷に出る前にここに来て挨拶《あいさつ》をすべきだったんだが、お座敷帰りに診療所に寄るんで、その脚でいいかと思ってさ……。おりきさん、有難《ありがと》うよ。いろいろと世話になったね。この恩は決して忘れないからさ」

幾千代が深々と頭を下げる。

「止《よ》して下さいな。頭をお上げ下さい。わたくしは大したことをしたわけではないのですよ」

「何言ってんだよ。幾富士の施術《しじゅつ》中ずっとあちしの傍についていてくれたし、寂《さみ》しい芙蓉の野辺《のべ》送《おく》りにも付き合ってくれたじゃないか。そればかりか、忙しい最中《さなか》に何かと遣《や》り繰《く》りして、毎日、幾富士を見舞って励ましの言葉をかけてくれたり、弁当を届けてくれたじゃないか……。おまえがいてくれて、あちしはどんなに心強かったか……。有難うよ、本当に、有難う」

「困ったときには相身《あいみ》互《たが》い……。これまで、わたくしは幾千代さんにどれだけ助けられたことか。それを思うと、当然のことですわ。ですから、もう頭をお上げ下され」

幾千代が頭を上げる。

「へへっ、こいつァ、ちょいとした見ものだったぜ！　微笑《ほほえ》ましき女ごの友情とでもいうのか？　ヘン、互いに礼を言い合ってりゃ世話はねえや」

亀蔵がひょっくら返す。

「親分！」

「この、いけずが！」

おりきと幾千代がきっと亀蔵を睨《にら》みつける。

亀蔵はひょいと首を竦めた。

「まっ、いいか。こんな藤四郎《とうしろう》を相手にしても仕方がないからさ！　それより、おりきさん、あれほど口が酸《す》っぱくなるほど言っておいたのに、弁当の書出《かきだし》（請求書）をくれないいじゃないか。それで、今日は鳥目《ちょうもく》（代金）を払おうと思ってさ。これで足《た》りるかえ？」

幾千代が袱紗《ふくさ》包《づつ》みを差し出す。

袱紗の中には、小判が二枚入っていた。

「とんでもありません。これでは多すぎますわ」

おりきが慌てて袱紗包みを返そうとするが、幾千代は意地《いじ》張《ば》ったように押し返した。

「多すぎるってことはないだろ？　ほぼ、ふた月だよ。その間、中食《ちゅうじき》と夕餉《ゆうげ》に毎日届けてくれたんだ。それも、そこら辺りの煮売屋《にうりや》や仕出屋《しだしや》ではなく、立場茶屋おりきの弁当だよ。巳之さんが気を遣ってくれ、飽《あ》きないようにと目先の違った献立を工夫《くふう》してくれてさ。おまけに、今度は幾富士の弁当ときた……。だから、このくらい取っても当然なんだよ」

「いえ、それにしても多すぎます。では、こうしましょう。一両だけ頂《いただ》きます。残りの一両は、幾富士さんのために遣って下さいませ」

「てんごうを！　あちしが一旦出したものを引っ込めない性分《しょうぶん》と知ってるだろ？　何がなんでも、これは受け取ってもらうからね」

　おりきと幾千代の間で、袱紗包みの押し合いとなる。

　亀蔵は腹を抱えて嗤《わら》った。

「二人とも、そんなに要《い》らねえのなら、俺が貰ってやろうか？　へへっ、なんでェ、その顔は……。おっ、おりきさんよ、貰っときな。幾千代は言いだしたら聞かねえ女ごだからよ」

　おりきも仕方がないとばかりに、肩息《かたいき》を吐いた。

「では、頂きますわね。その代わり、幾富士さんが診療所にいらっしゃる間は、続けて弁当を届けさせて下さいね」

「そりゃ有難いが、巳之さんに済まないね」

「いいえ、巳之吉もそのつもりでいますのよ。先日、素庵さまを訪《たず》ね、腎臓《じんぞう》に障《さわ》りのない食べ物を聞いて来たそうですの。薄味にして、塩分や量を控えれば、さほど食べてはならないものはないそうですの」

「巳之さんには頭が下がるよ。一見《いっけん》、薄味のように見えても、素材の持つ味を実によく引き出していてさ。見た目も綺麗だし、食をそそること間違いなし！　正《まさ》な話、これまでくじくじしていた幾富士が、巳之さんの弁当を食べてから一気に元気を取り戻したんだもんね。病は気からっていうけど、本当にそうなんだね」

幾千代が目許《めもと》を弛《ゆる》める。

「そりゃそうでェ、食い物ほど人を勇気づけるものはねえからよ。百万遍《ひゃくまんべん》の言葉より、美味《うめ》ェ食い物のほうが効果がある。雀《すずめ》の千声鶴《せんこえつる》の一声《ひとこえ》っていうが、俺に言わせりゃ、鶴の一声よりも美味《うめ》ェ食い物よ！」

亀蔵の後生楽《ごしょうらく》な言い方に、おりきの頬《ほお》も弛む。

「そんなに悦《よろこ》んでいただけたとは、巳之吉も本望《ほんもう》でしょうよ。わたくしもこれまで通り、日に一度は診療所を訪ねましょう。幾富士さんも話し相手がいないと寂しいでしょうからね」

「それで、幾富士はいつまで診療所にいなくちゃなんねえんだ？」

　亀蔵が幾千代を窺う。

「永いこと寝たきりだったもんだから、身体が鈍っちまってるだろ？　現在《いま》、身体を慣らしているところでさ。あちしの推測では、あと一廻り《ひとまわ》（一週間）ってとこだね」

「へえェ、そうかよ。けど、術後《じゅつご》の経過はいいんだろ？　すると、あとは腎疾患だが、これは自宅療養で済む話だからよ。幾富士も猟師町に帰《けえ》ったほうが気が紛《まぎ》れるってもんでェ……。猟師町には幾千代もいれば、お端女のおたけもいるし、それに猫の……」

「姫！」

　幾千代が嬉しそうに大声で言う。

　どうやら、久し振りに姫と再会できたことが余程嬉しいとみえる。

「幾千代さんが猟師町に帰られたのですもの、さぞや、姫が悦んだことでしょうね」

　おりきがそう言うと、幾千代はでれりと目尻を下げた。

「それがさ、ふた月ぶりだっただろ？　あちしが帰ると悦び勇《いさ》んで飛びついてくると思っていたのに、あちしの声を聞いても、あの子ったら、衝立《ついたて》の陰から顔を出して窺うだけでさ……。あちし、慌てちまってさ。まさか、ふた月逢わないだけで、あちしのことを忘れたのじゃなかろうかと思ってさ。ところがさ、ひとしきり睨《ね》めつけると、不貞《ふて》たようにとろとろと出て来て、あちしの足首を甘噛《あまが》みするじゃないか。まるで、どうして今まで放っていたのかと責めるみたいに、何度も何度も甘噛みしてさ……。寂しかったんだよ。あちし、姫を抱き上げて、思いっ切り愛撫してやったよ。それからというもの、あの子、あちしの行く先々について廻ってさ。きっと、また置きざりにされるのじゃないかと不安に思ってるんだよ」

「けれども、お座敷に出るのでは、また留守をすることになるのでは？」

おりきがそう言うと、幾千代は人差し指を振り否定した。

「ところがどっこい！　あちしが芸者姿をしていると、お座敷に出るだけだからすぐに帰って来る、と姫にも解るみたいでさ……。ねっ、利口《りこう》だろ？」

亀蔵がぷっと噴《ふ》き出す。

「猫莫迦《ねこばか》もここまで来ると、呆《あき》れ返《けえ》る引っ繰《く》り返《けえ》る！　ああァ、莫迦莫迦しくって、聞いちゃいられねえや」

「猫莫迦とはなんだえ！　親分みたいに爺莫迦《じじばか》よりよっぽどましさ」

やれ、どっちもどっち……。

とはいえ、これだけ冗談口が叩《たた》けるようになったことを、有難く思わなければならないだろう。

おりきはほっと胸を撫で下ろした。


明日は後の月……。

お庸に予約の取り消しがあればすぐさま連絡すると言ってあったが、どうやらこの分では、取り消しはなさそうである。

となると、月見膳を弁当にして、田澤屋まで届けなければならない。

お庸からは、田澤屋伍吉は取引先から招待されているので、伍吉の女房弥生《やよい》を含め、女ご四人の月見膳をと頼まれていた。

「女将さん、そろそろ巳之吉と打ち合わせをなさったほうが宜しいかと……」

幾富士の見舞いかたがた中食の弁当を届けて診療所から戻ると、達吉《たつきち》が待ち構えたように言った。

「やはり、田澤屋に月見弁当を届けることになりそうですね。では、巳之吉を呼んで下さい」

「へい」

達吉が板場に行こうとしたときである。

下足番の吾平《ごへい》が、沼田屋《ぬまたや》の手代が遣いにきたと知らせに来た。

「沼田屋の？」

おりきと達吉が顔を見合わせる。

「お通しして下さい」

「一体《いってえ》、なんでやしょう」

達吉が訝しそうな顔をする。

そこに、吾平に案内され、沼田屋の手代が帳場に顔を出した。

「どうぞ、中に入って下さいませ」

おりきに言われ、三十路《みそじ》もつれの手代が怖《お》ず怖ずと入って来る。

「旦那さまから文を預かって参りやした」

手代はそう言うと、襟元《えりもと》に挟《はさ》んだ封書を取り出した。

おりきが封書を受け取り、中を改める。

巻紙《まきがみ》に、流麗《りゅうれい》な筆致《ひっち》の文である。

が、読み進めていくにつれ、おりきの表情が険《けわ》しくなった。

「沼田屋はなんと言ってきやしたんで……」

達吉がおっかなびっくりに訊ねる。

おりきは文から顔を上げると、達吉を瞠めた。

「真田屋《さなだや》のこずえさまが危篤《きとく》とのことです。昨夜から重篤状態《じゅうとくじょうたい》に陥り、現在、沼田屋ご夫妻や源次郎《げんじろう》さまが懸命《けんめい》に看病なさっているそうですが、医者の話では、今宵ひと晩が山だそうです。そんなわけなので、このようなときに月見ともいかず、申し訳ないが予約を取り消してほしいそうですの」

おりきが辛《つら》そうに眉根《まゆね》を寄せる。

「なんと、祝言《しゅうげん》の席で、あれほど毅然《きぜん》となさっていたこずえさまが……」

達吉が絶句《ぜっく》する。

が、ハッと我に返ると、それで、他の方々は？　と訊ねる。

「高麗屋《こうらいや》さま、倉惣《くらそう》さま共々、沼田屋さまが月見を控えるというのであれば、自分たちも控えたいと仰《おお》せです。無理もありません。お二人とも、沼田屋さまとは肝胆相照《かんたんあいて》らす仲ですもの……。こんなときに、自分たちだけが月見の宴《えん》でもないとお思いになるのは当然です」

「さいですね。沼田屋の次男坊がこずえさまの亭主として真田屋の婿養子に入《へえ》ったんでやすからね。その次男坊の嫁が生死の境を彷徨《さまよ》っているというのに、月見酒を飲んだところで美味《うま》かァねえし、第一《でえいち》、不謹慎だ……」

達吉が溜息《ためいき》を吐く。

おりきは沼田屋の手代を瞠めると、

「それで、沼田屋の旦那さまは、現在《いま》、どちらに？」

と訊ねた。

「へい。旦那さまも奥さまも、急遽《きゅうきょ》、大崎村《おおさきむら》の寮に駆けつけられやした」

「そうですか、解りました。旦那さまに伝えて下さいな。こちらのことはどうかご案じなさいませんように、お辛いでしょうが、くれぐれも気を強くお持ち下さいませと……。それと、わたくしどもに出来ることがあれば、なんなりとお申しつけ下さいとも……」

「へっ、解りやした。では、あっしはこれで……」

沼田屋の手代が会釈《えしゃく》して、去って行く。

「大変《てえへん》なことになりやしたね」

達吉が困《こう》じ果てた顔をする。

「何かして差し上げればよいのでしょうが、肉親でもないわたくしどもには、手の出しようがありません」

　おりきも太息を吐く。

　いつかこの日が来ると覚悟していたとはいえ、源次郎の惻々《そくそく》とした哀《かな》しみはいかほどであろうか……。

　不治《ふち》の病と知って、尚《なお》かつ、こずえと祝言を挙《あ》げた源次郎……。

「現在《いま》だからこそ、こずえさんにはあたしが、あたしにはこずえさんが必要なのだ、何より、二人は求め合っているし、少しでも長く一緒にいたいという気持があれば、医者が見放した病といえども神助《しんじょ》が得られるやもしれない、仮に、恢復《かいふく》することなくあたしが寡《やもめ》になることがあっても悔《く》いはない、短くとも、二人が共にいる幸せを味わえるのだから……」

　源次郎は巳之吉に祝言の祝膳《いわいぜん》を頼みに来た際、きっぱりとそう言いきった。

　源次郎の目は澄んでいて、微塵《みじん》芥子《けし》ほども迷いがなかった。

　そして、こずえ……。

　閑古《かんこ》庵《あん》の茶会で亭主を務《つと》めたこずえ……。

　源次郎を瞠めるその目は、愛《いと》しさと信頼感に溢《あふ》れていた。

　そして祝言の席では、痩《や》せ細った身体に白無垢《しろむく》を纏《まと》い、痛々《いたいた》しげに見えこそすれ、それに余りあるほどの凛然《りんぜん》とした気品を湛《たた》えていたではないか……。

互いに慕《した》い合う、その姿……。

夫婦《めおと》の真価は、長い短いでは計れない。

短くても、源次郎とこずえがいかに信頼し合い、支え合うか……。

それが、二人にとっての幸せなのである。

二人が祝言を挙げて、ふた月半……。

恐らく、二人にとっては一日一日が貴重なものであっただろうし、束《つか》の間にせよ、こずえは妻としての幸せを嚙《か》み締《し》めることが出来たのである。

「けど、危篤といっても、また持ち直すってことが……」

達吉はそう言い差し、いかに自分が突拍子《とっぴょうし》もないことを言っているのか気づいたとみえ、ふうと太息を吐いた。

おりきが寂しそうに首を振る。

そうあってほしい……。

が、恐らく、此度だけは覚悟しなければならないだろう。

「女将さん、お帰《けえ》りでやすか？」

板場側の障子の外から、巳之吉が声をかけてくる。

おりきは深呼吸すると、

「巳之吉、お入りなさい」

と答えた。

「そろそろ、今宵の夕餉膳と、明日の月見膳の打ち合わせをと思いやして……」

巳之吉が入って来る。

おりきは傍に寄るようにと目まじすると、改まったように、巳之吉に目を据えた。

「明日の浜木綿《はまゆう》の間は、予約取り消しとなりました」

巳之吉が驚いたように、目を瞬く。

「浜木綿の間といいやすと、沼田屋、倉惣、高麗屋の？」

「ええ、そうです。真田屋のこずえさまが危篤ということで、沼田屋さまは大崎村の寮に駆けつけられましたが、倉惣さま、高麗屋さまのお二人は、沼田屋さまを思い遣《や》り、月見の宴を断念なさいましたの」

「こずえさまが……」

巳之吉の顔から色が失《う》せた。

茶会や祝言を通し、巳之吉も源次郎とこずえの幸せを願ってきただけに、衝撃が大きかったとみえる。

「辛《つれ》ェな……」

巳之吉がぽつりと呟く。

「けどよ、遅かれ早かれ、この日が来るのは解っていたことだからよ。これが、あの二人の宿命《さだめ》だったんだろうて……。だが、俺たちゃ、哀しんでばかりもいられねえ！他の客に気持よく後の月を愉しんでもらわなくちゃならねえからよ」

達吉がおりきに目を据える。

「女将さん、浜木綿の間に田澤屋のご隠居さんたちに入《へえ》ってもらっちゃどうでやしょう。沼田屋には悪いが、予約取り消しが出たと聞けば、ご隠居が悦びやすぜ」

「わたくしも今そう思っていたところです」

「じゃ、弁当は作らなくてもよいということで？」

「そういうことになりますね。浜木綿の間は田澤屋さまご一行で、四名ということになります。巳之吉、それで献立をたてて下さい」

「解りやした」

巳之吉が懐《ふところ》から今宵の夕餉膳のお品書《しながき》を取り出す。

すると、達吉が腰を上げかける。

おりきは訝しそうな顔をした。

「潤三を呼ぶのですか？」

「へえ、それもありやすが、末吉《すえきち》を田澤屋まで走らせようと思いやしてね。田澤屋も一刻も早く知らせを聞きてェでしょうからね」

ああ……、とおりきも頷《うなず》く。

おふなの悦ぶ顔が目に見えるようであった。


翌日、おりきは多摩の花売り喜市《きいち》から、芒、女郎花《おみなえし》、男郎花《おとこえし》、松虫草《まつむしそう》、杜鵑草《ほととぎす》、吾亦紅《われもこう》の他に、大量の萩《はぎ》を求めた。

それも、山萩《やまはぎ》だけでなく、宮城野萩《みやぎのはぎ》、筑紫萩《ちくしはぎ》、丸葉萩《まるばはぎ》と……。

縁側の両端に壺《つぼ》を置いて萩を活《い》け、蔓状《つるじょう》の長い枝を鴨居《かもい》に這《は》わせて萩の隧道《ずいどう》を作り、間に背丈の低い草花を配して野山の風情を演出しようと思ったのである。

そのため喜市には、極力《きょくりょく》、長い蔓を大量にと注文をつけていた。

そのためか、今日の喜市には連れがいた。

「何しろ、あっし一人じゃ運びきれねえもんで、こいつに荷車を牽《ひ》かせやした」

喜市はそう言うと、連れの男に挨拶をしろと目で促《うなが》す。

三十路がらみの日焼けした男が、照れたように、ひょいと腰を折った。

「おえんの亭主、三郎《さぶろう》でやす」

「まあ、おまえさまが……。今日はご苦労でしたね。わたくしが萩を長いままで大量にと頼んだものだから、難儀《なんぎ》をかけてしまいましたね」

おりきがそう言うと、喜市は上目《うわめ》におりきを窺い、けど、一体《いってえ》、何に使いなさるんで？　と訊ねた。

「萩で隧道を作ってみようと思いましてね」

「隧道を……。へえ、そりゃまた……」

喜市は解ったような解らないような、曖昧《あいまい》な反応を見せた。

おりきがくすりと笑う。

正な話、作ってみないと、おりきにも萩で上手く隧道が作れるのかどうか……。

それを、言葉だけで解れというのは、土台、酷《こく》な話であった。

喜市たちが帰って行くと、今度は、旅籠の男衆《おとこし》の出番である。

大番頭の達吉をはじめ、潤三、吾平、末吉、それに手の空《す》いた追廻《おいまわし》にも声をかけ、皆して二階の客室まで運ぶのであるから、ひと仕事であった。

当初、おりきは五部屋全室に萩の隧道をと思っていたが、いざ飾る段になって初めて、萩を鴨居に這わせるにはかなりの量が必要だと悟《さと》り、結句、浜木綿の間と磯千鳥《いそちどり》の間だけにして、残りの部屋は例年通りで済ませることにしたのだった。

が、思いの外《ほか》、萩の隧道は会心《かいしん》の作となったのである。

助っ人にきたおうめやおきち、おみのも息を呑《の》んだ。

「おかあさん、凄《すご》い！　あたし、感動した……」

おきちが興奮したように言い、あっと、首を竦めた。

現在、おきちは女中見習の身……。

客の前では勿論《もちろん》のこと、旅籠《はたご》衆の前でも矩《のり》を超《こ》えてはならない。

女中頭のおうめがめっとおきちを睨む。

「おきち、女将さんだろ！」

おきちはぺろりと舌を出した。

おきちは十七歳……。

しかも、この春、いずれ三代目女将となるべく女中見習についたばかりとあって、未《いま》だ、子供じみたところが抜けきらない。

幼い頃から貧苦《ひんく》の中で苦労を重ね、やっと立場茶屋おりきの仲間になれた他の店衆《たなし》に比べると、おきちにはどこかしら甘えたところがあり、その意味では、女将への道のりはまだまだ遠いということであろうか。

そうして、夕刻になり、次々に泊まり客が到着した。

田澤屋一行が訪れたのは、六ツ（午後六時）である。

「おりきさま、あたし、なんと礼を言ったらよいのか……。予約の取り消しなんてまず以てないと聞いていたので、半《なか》ば諦《あきら》めていましたのよ」

お庸は式台《しきだい》の前でおりきの手を握り締め、感極《かんきわ》まったように言った。

「そりゃ、あたしの日頃の心がけがいいからさ！　神仏がちゃんとあたしの願いを聞き届けて下さったに決まってるじゃないか」

おふなが平然とした顔をして、ひょっくら返す。

「まっ、ご隠居さまったら！」

「まあま、二人とも、よいではないですか。こうして念願叶《かな》って立場茶屋おりきで後の月を愛でるのですもの……。おりきさま、あたし、今宵は本当に愉しみにしていますのよ」

七海堂のご隠居七海は、深々と頭を下げた。

三婆《さんばば》の揃《そろ》い踏みである。

今宵はそこに伍吉の女房弥生が加わり、これで四婆《よんばば》……。

四人とも一張羅《いっちょうら》を纏い、廻り髪結《かみゆい》を呼びつけたのか、結い上げられたばかりの髷《まげ》に、鼈甲《べっこう》や銀の櫛簪《くしかんざし》をつけている。

「ようこそお越《こ》し下さいました。皆さま、今宵はお泊まりになると聞きましたが、本当に、それで宜しいのでしょうか」

おりきが気を兼ねたように訊ねる。

「いいんだよ。あたしだって、たまには旅の気分を味わわせてもらわなくちゃ……。この歳になると遠出は出来ないが、一軒先で旅の気分が味わえるんだもの、御《おん》の字ってなもんでしてね。七海さんも金一郎さんから外泊の許可を得ているし、お庸さんは言わずもがな……。けど、弥生だけは月見膳を食べ、後の月を愛でたら帰りますよ。伍吉が帰って来ますんでね」

おふなは澄ました顔で答えた。

「さようにございますか。では、お部屋に案内させますので……」

「さっ、皆さまどうぞ。今宵は浜木綿の間をご用意させていただいています」

おうめが先に立ち、四婆を二階の客室へと案内する。

続いて、磯千鳥の間、松風《まつかぜ》の間の客が到着し、これで全室に客が入ったことになり、一旦、おりきは帳場に引き返した。

そうして客室の挨拶用の着物に着替え、達吉を呼ぶ。

「真田屋から何か連絡が入りましたか?」

いやっと、達吉は首を振った。

「では、まだなんとか保《も》っているということでしょうか……」

「いや、そいつァ……。あっしが思うに、真田屋はこずえさんが亡くなっても、わざわざ知らせてはこねえような気がしやすが……」

「それもそうですわね」

「沼田屋の手代に、何かあれば知らせに来るようにと伝えておいたんでやすがね」

「いずれにしても、今宵はわたくしも身動きが取れません。明日、末吉に探ってきてもらうより他に方法がありませんね」

「着いてすぐに風呂を使った客も客室に戻られた頃で、そろそろ、先付《さきづけ》の八寸《はっすん》が配られるかと……」

「解りました」

おりきは客室の挨拶をしようと帳場を出て、ちらと表を窺った。

日はとっぷりと暮れ、恐らく、月が昇《のぼ》りかけた頃であろうか……。

階段を上がると、浜木綿の間は一番最後に廻し、南端《みなみはじ》の客室から挨拶をしていく。

そうして、いよいよ浜木綿の間……。

おりきは次の間から声をかけると、襖《ふすま》をすっと開いた。

「立場茶屋おりきの女将、おりきにございます。本日は……」

おりきが三つ指をつき深々と頭を下げると、おふながそれを遮《さえぎ》った。

「おりきさま、挨拶なんていいんだよ！　萩の隧道から眺《なが》める月に感動し、板頭のこの料理に感動しているというのに、堅苦しい挨拶なんてされちゃ、御座《おざ》が冷《さ》めちまうからさ！　さっ、おりきさまもこちらにいらっしゃいな」

おふなが手招きをする。

おりきはつつっと膝行《しっこう》した。

「おりきさま、なんて素晴らしい風情なのでしょう。山野から海上に浮かぶ月を愛でる趣向《しゅこう》で、それはそれは素晴らしい月見と聞いていましたが、まさか、萩の隧道までお作りになったとは……」

七海が感動さめやらぬといった顔をする。

「長生きしてよかったよ！　こんなに素晴らしい月見が出来たんだもの、これで冥土《めいど》への土産《みやげ》が出来ましたよ」

おふなが言う。

すると、お庸が槍《やり》を入れた。

「また、ご隠居さまは！　この間も冥土の土産と言ったじゃないですか。一体、幾つ土産を持っていけば気が済むんです？」

「何言ってんだよ。土産なんてもんは、多ければ多いほどいいのさ！」

おふなとお庸は、毎度、この調子である。

今や、実の母娘《おやこ》といってもよいだろう。

そのせいか、嫁の弥生が少し寂しそうな顔をしている。

「皆さま、お料理のほうは満足していただけたでしょうか」

おりきはそう言い、弥生に向かって微笑みかけた。

「ええ、それはもう……」

弥生が気後《きおく》れしたように頷く。

「なんだえ、この女《ひと》は！　もっと言い方があるだろうに……。ええ、ええ、それはもう大満足ですよ。先付の八寸の見事なこと！　手提盆《てさげぼん》の中に前菜《ぜんさい》が盛ってあり、柄《え》の部分に芒と萩の花が飾ってあるんだもの、これぞ、まさに月見膳……。それに、あたしはもう食べちまったけど、三日月《みかづき》の形をした羊羹《ようかん》の中に兎《うさぎ》のいる……、なんてったっけ？」

　おふながお庸に訊ねる。

お庸はお品書を手にすると、

「ああ、名月丸十羊羹百合根射込《めいげつまるじゅうようかんゆりねいこ》みですね」

　と答える。

「そう、それ！　甘藷《かんしょ》の羊羹の中に兎の形をした百合根餡《あん》が射込んであってさ。あんまし可愛《かわい》くて、食べるのが惜《お》しい気がしたけど、ふふっ、なんてことはない、食べちまいましたよ」

「どの料理も美味《おい》しく頂きましたが、あたしはやはり柚子釜《ゆずがま》でしょうかね。菊菜《きくな》のお浸《ひた》しと焼き松茸《まつたけ》の組み合わせで、もう一つの柚子釜の中には、鱚《きす》の昆布締《こぶじ》めと長芋《ながいも》に菊花《きっか》……。どちらもさっぱりとしていて、烏賊《いか》の菊花寿司《きっかずし》を頂いた後だったので、箸《はし》休《やす》めとして最高でしたわ」

　七海が言うと、お庸が続ける。

「あたしは枝豆真丈《えだまめしんじょう》ですかね。擂《す》り身にした枝豆と粒のままの枝豆が見事に調和していて、枝豆の旨味がそれはよく出ていましたからね」

「じゃ、弥生は？」

おふなに睨《ね》めつけられ、弥生は挙措を失った。

「あたしはどれも美味しく思いましたよ」

「だからさ、その中でも、格別気に入ったのは何かと訊いてるんだよ」

「でしたら、烏賊の菊花寿司かしら……。糸造りにした烏賊を菊の花弁《はなびら》のように盛った手鞠寿司《てまりずし》の上にイクラが載《の》っていて、これこそ、食べてしまうのが惜しい気がしました」

弥生が怖ず怖ずと答える。

「巳之吉さんの弁当も絶品《ぜっぴん》だったが、やはり、会席《かいせき》には敵《かな》わないね。だって、器《うつわ》が愉しめるもの……。この漆塗《うるしぬ》りの手提盆だって、大したもんだ。で、次は何が出て来るのかね」

おふながそう言い、お品書を手にしたときである。

おうめとおきちが椀物《わんもの》を運んで来た。

今日の椀物は牡丹鱧《ぼたんはも》の清《す》まし仕立てで、管牛蒡《かんごぼう》と蔓菜《つるな》、柚子が添《そ》えてある。

おふなは椀の蓋を取り、歓声を上げた。

「ごらんよ、牡丹鱧とはよく言ったもんだね。まるで、白牡丹《はくぼたん》のようじゃないか！」

「ホントだ！　実に見事ですこと……」

お庸も七海も、弥生までが、満足そうに目を細めた。

椀物の次は、酢物《すのもの》である。

今宵の酢物は、蛸《たこ》、胡瓜《きゆうり》、茗荷《みようが》の酢味噌和《すみそあ》えで、これは青磁四方向付鉢《せいじしほうむこうづけばち》に盛ってある。

続いて、お造《つく》りとなるが、これは皮剝《かわはぎ》の薄造《うすづく》りで、染付皿《そめつけざら》の絵柄《えがら》が透《す》けて見えるほどに薄く造られ、花弁のように盛りつけられている。

それに、皮剝の肝《きも》や長芋、大葉紫蘇《おおばじそ》、縒《よ》り独活《うど》、人参《にんじん》、紅蓼《べにたで》、紅葉《もみじ》おろし、葱《ねぎ》が添えられ、これを二杯酢《にはいず》で食す。

常なら、ここで焼物《やきもの》となるが、今宵は月見膳とあって、珍味《ちんみ》、お凌《しのぎ》がここに加わることになっていた。

珍味は鱲子《からすみ》かぶらで、お凌は鱧寿司《はもずし》である。

生《なま》の聖護院蕪《しようごいんかぶら》を鱲子の大きさに合わせて切り、二つを合わせたものだが、この二つは味の相性がよく、食感もよい。

鱧寿司は鱧の照焼《てりやき》の押し寿司だが、寿司飯の間に焼き海苔《のり》と実山椒《みざんしょう》の醤油煮《しょうゆに》が挟んであり、新生姜《しんしょうが》の甘酢漬《あまずづけ》が添えてある。

そうして、次が焼物……。

塩釜焙烙焼《しおがまほうろくやき》が出されたときには、四婆全員がワッと色めき立った。

信楽《しがらき》の焙烙に塩と松葉を敷き、その上に車海老《くるまえび》、結び鱚、蛤《はまぐり》、松茸、銀杏《ぎんなん》を配し、焙烙で蒸《む》し焼きにして、酢橘《すだち》と土佐醤油《とさじょうゆ》で頂く。

いかにも秋を想《おも》わせる一品であった。

続いて、炊き合わせとなるが、今日は眼張《めばる》と豆腐《とうふ》、絹莢《きぬさや》の煮物となり、これは赤絵《あかえ》平鉢《ひらばち》に盛ってある。

そうして次に出された揚物《あげもの》が、また絶品であった。

お品書には揚物詰め合わせとあり、これは海老芋《えびいも》あられ粉揚《こあげ》、海老芋芥子《けし》の実揚《みあげ》、栗《くり》あられ粉揚、栗芥子の実揚、銀杏松葉差しであるが、これらの揚物が、朴《ほお》の葉を敷いた箕形《みのがた》の吹き寄せ籠《かご》に配されているのであるから、まさに野山を想わせる。

あられ粉とは、あられ餅《もち》を細《こま》かく粒状《つぶじょう》にしたもののことで、芥子の実とはまた違った芳《こう》ばしさと食感が愉しめた。

そうして、留椀《とめわん》の飛竜頭《ひりょうず》の薄葛《うすくず》仕立てが出て、次に飯と香の物になるが、今宵は栗ご飯に秋茄子と瓜《うり》の糠味噌漬《ぬかみそづけ》であった。

最後に甘味《かんみ》が配され、再び、お薄を点《た》てるためにおりきが客室に顔を出す。

「いかがにございましたでしょう。皆さま、堪能《たんのう》していただけたでしょうか」

おりきが訊ねると、おふなが甘味の栗茶巾《くりちゃきん》に黒文字《くろもじ》を当て、堪能したなんてもんじゃありませんよ、と答える。

「あの焙烙焼には感激しましたよ。塩釜にしてあるもんだから、ほどよい塩加減で、なんだか松葉の香りまで漂ってくるように思い、実に堪能しましたよ」

「それに、揚物……。箕形の吹き寄せ籠に朴の葉の演出も心憎《こころにく》かったけど、海老芋と栗を、あられ粉と芥子の実の二通りの衣《ころも》で揚《あ》げたのには驚きましたよ。素材は同じでも、衣によってこんなにも食べたときの感じや味が変わるのかと思うと、つくづく、板頭の感性のよさに頭が下がるような思いがしましたよ」

おふなと七海が口々に言う。

「今日の料理はどれも秋の野山を想わせるものでしたね。あたしたちはなんて幸せ者なんでしょう。萩の隧道から河原《かわら》を眺め、その先に海上に浮かぶ後の月……。頭上に輝く望月《もちづき》が海面《うなも》に糸を引いたように影を射《さ》し、それはそれは感動しましたよ。妙ですよね。あたしたちは品川宿に住んでいて、毎年、十五夜、後の月と見てきたというのに、今までは、こんな感動を覚えませんでしたものね。それがここで見ると、また違った月に見えるのですものね」

お庸がしみじみとした口調で言う。

「それは、おりきさまがこうして風情を調《ととの》えて下さったお陰ですよ。それに、板頭の素晴らしい料理が加わったのですもの、これで感動しないようでは人とはいえませんわ」

七海が仕こなし顔に言う。

感動しないようでは人とはいえないとは、また大きく出たものである。

だが、誰もが納得したように頷く。

お薄が配られると、お庸はズズッと音を立てて茶を啜《すす》り、懐紙《かいし》で口を拭い呟いた。

「あたしたちはどなたかが予約を取り消して下さったお陰で、お零《こぼ》れに与《あずか》ったのですが、なんだか、その方に申し訳ない気がしますわね。だって、お仲間の中で誰か一人が都合悪くなったというのなら解りますが、全員なのですものね……」

「一体、どなたが取り消されたのかしら？」

七海がおりきを窺う。

「いえ、それは……」

おりきは言葉を濁した。

「七海さん、無茶を言うもんじゃないよ。女将が客のことを話すわけがないだろ！　客だってそうさ。客のことをぺらぺらと喋るような見世《みせ》には、安心していけないからね。ねっ、おりきさん、そうだよね？」

おふなが片目を瞑ってみせる。

「ええ、わたくしだけでなく、見世の誰に訊ねられても、他のお客さまのことは話さないと思います」

おりきはそう答えたが、胸の内は暝く沈んでいた。

こずえのことが重く胸を塞いでいたのである。

この今の瞬間、後の月を愛で、美味しい料理に舌鼓《したつづみ》を打つ者もいれば、かたや生死の境を彷徨う者もいて、また、引き裂《さ》かれるような想いでそれを見守る者もいる……。

だが、何が一等辛いかといって、胸に痛みを抱えながらも、客に笑顔を見せなければならないことほど辛いものはない。

が、それが客商売の宿命《さだめ》……。

「おや、月がもう西に傾《かたむ》いてしまいましたよ」

七海が窓辺《まどべ》に寄って行く。

「では、あたしはこれで……。そろそろ、主人が戻ってくる頃でしょうから、お暇《いとま》いたします」

弥生が立ち上がる。

「そうかい。送らないからね。気をつけて帰りなと言ったところで、一軒先だ。気をつける間もなく着いちまうからさ」

おふながあっけらかんとした口調で言う。

「では、わたくしがお見送りして参りますので……」

おりきは弥生の後に続き、浜木綿の間を出た。

階段の途中で、弥生が振り返る。

「今宵は有難うございました」

「愉しんでいただけましたかしら?」

「ええ、それはもう……。おりきさま、誤解をなさらないで下さいね。義母《はは》は物言いが多少きつく思えますが、決して、嫁いびりをなさってるわけではないのですよ。根が照れ性なものだから、上手口《じょうずぐち》を言うのが苦手のようでしてね……。それでも、あたしのことをいつも気遣って下さるのですよ。今宵も、義母と七海さん、お庸さんの中にあたしが入っては邪魔《じゃま》なのではと最初《はじめ》は渋っていたのですが、義母が伍吉は男同士で遊んでくるんだ、おまえだけが留守番なんて貧乏籤《びんぼうくじ》を引くもんじゃないって言って下さいましてね。でも、ああ、来て良かった！　生命《いのち》の洗濯が出来たみたいで、これで、明日からまた元気に働けますわ」

弥生は晴れ晴れとした顔で言った。

「そうですか。それは良かったですこと！　また、是非、お越し下さいませね」

「はい。機会があれば、是非……」

弥生はそう言って帰って行った。

やれ、とおりきは安堵《あんど》の息を吐いた。

おふなと弥生の間がぎくしゃくしているように思ったのは、どうやら、思い過ごしのようである。

お庸がおふなとぽんぽん言い合いながらも実の母娘《おやこ》のように睦《むつ》まじく見えるのは、二人の性格がそうさせるのであろうし、弥生は内気というだけのこと……。

ああ見えても、案外、おふなと弥生はしっかと絆《きずな》を保《たも》っているのかもしれない。

おりきは階段を上りながら、再び、こずえのことを想った。

こずえさま……。

胸の内で小さく呟く。

その刹那《せつな》、ワッと熱いものが衝き上げてきて、おりきはそっと目頭《めがしら》を押さえた。

こずえの訃報《ふほう》がもたらされたのは、翌朝のことだった。

沼田屋の手代が伝えに来たのである。

「昨夜の四ツ（午後十時）過ぎのことでやした。こずえさまは源次郎さまに見守られ、静かに息を引き取られやした」

昨夜の四ツ過ぎといえば、月見客たちがまだ床《とこ》に入る前のことである。

「今宵が通夜《つや》、明日の正午が野辺送りとなりやすが、いずれも、大崎村の寮で営《いとな》まれやす。これは沼田屋の主人《あるじ》からの伝言でやすが、女将さんは旅籠を空けるわけにはいかないだろうから、無理して通夜に顔を出すことはない、こずえさまにお別れをとお思いなら、明日の野辺送りに参列なさいますようにとのことで……」

「現在、こずえさまのご遺体はどちらに？」

「大崎村の寮でやすが……」

「では、昼間のうちにお伺《うかが》いしても構わないでしょうか。勿論、明日の野辺送りにも参列させていただきますが、一刻も早く、こずえさまに最期の別れをしとうございますので……」

「それは真田屋さんもお悦びになるでしょう。じゃ、あっしはひと足先に大崎村に出向き、立場茶屋おりきの女将が見えることを伝えておきやしょう」

手代はお茶を飲んでいけと勧めるのも断り、引き返して行った。

黙って話を聞いていた達吉が、声をかけてくる。

「やっぱり駄目でやしたか……。源次郎さんの気持を想うと、遣り切れねえよな」

「大番頭さん、泊まり客をお見送りしたら、わたくしは大崎村まで出掛けてきます。そうですね。四ツ（午前十時）に迎えに来るように八造《はちぞう》さんに伝えて下さいな」

「四ツ手（駕籠《かご》）は一台で宜しいんで？」

あっと、おりきが達吉を見る。

達吉は、巳之吉をつれて行かなくてよいのか、と訊いているのである。

「巳之吉はまだ魚河岸《うおがし》から帰っていないのですね？　では、帰ったら、帳場に顔を出すようにと板場衆《いたばし》に伝えて下さい。巳之吉も行くと言えば、その場合、四ツ手をもう一台手配してもらわなければなりません」

「解りやした」

達吉が帳場を出て行く。

おりきは仏壇の観音開《かんのんびら》きを開けると、蠟燭《ろうそく》や線香《せんこう》に火を点《とも》し、手を合わせた。

つい今し方、神棚と仏壇に朝のお勤《つと》めをしたばかりだが、こずえの冥福《めいふく》を祈らずにはいられなかった。

また一人、大切な人を失ってしまった。

そして、白無垢姿のこずえ……。

茶会で健気《けなげ》に亭主を務めた、こずえ……。

思わず手を差し伸べたくなるほど儚げであったが、こずえは楚々《そそ》とした中に、凛《りん》とした美しさを湛えていた。

風もないのに、蠟燭の火が激しく揺れる。

ああ、あの美しさは、消え入る前の最期の瞬《また》き……。

「女将さん、巳之吉でやす」

板場側から声がかかった。

巳之吉が仕入れから帰ったのであろう。

「どうぞ……」

巳之吉は青ざめた顔をして入って来た。

「聞きやした。こずえさま、やっぱ、駄目だったんでやすね……」

「ええ。昨夜の四ツ過ぎだそうです。それで、わたくしはお客さまをお見送りしてから大崎村に伺うつもりですが、巳之吉はどうしますか？」

「勿論、行きやす。こずえさまには生涯《しょうげえ》忘れられねえほどの仕事をさせていただきやした。せめて、最期のお別れをし、お礼を言わせてもらいてェと思いやす」

「解りました。では、四ツ頃参りますので、仕度をしておいて下さい」

「へい」

巳之吉は辞儀をして出て行こうとしたが、ハッと振り向いた。

「あっしはどんな形《なり》をして行けば宜しいんで？」

礼服のことを言っているのであろう。

おりきはふっと頬を弛めた。

「そうでしたわね。こんなこともあろうかと思い、用意していましたのよ」

おりきは箪笥《たんす》の引き出しを開け、畳紙《たとう》に包んだ紋付《もんつき》、羽織袴《はおりはかま》を取り出した。

「これは……」

巳之吉が目を瞬く。

「巳之吉のために誂《あつら》えましたの」

「あっしのためって……」

「一揃《ひとそろ》え誂えておくと、いざというときに困りませんからね」

「…………」

巳之吉は言葉を失い、困じ果てたような顔をした。

「どうしました？　巳之吉は立場茶屋おりきを担《にな》って立つ板頭、いわば、看板といってもよいのですもの、このくらいは当然です。気を兼ねることはないのですよ。大番頭さんにも誂えましたので……」

「けど、あっしは着方も知りやせん」

「まっ、何をいうのかと思ったら……。大丈夫ですよ。わたくしが着せてあげますので、五ツ半（午前九時）にここに来て下さい」

巳之吉はようやく眉《まゆ》を開き、再び、頭を下げ、板場に戻って行った。

達吉が入って来る。

「八造に四ツ手を二台頼むと伝えておきやした。おっ、紋付じゃありやせんか！」

達吉が畳の上に置かれた畳紙に目を留める。

「これは、巳之吉の？」

「ええ、善助《ぜんすけ》が亡くなったとき、おまえは貸衣装で間に合わせ、巳之吉は平服だったでしょう？　あのとき、何故もっと早く紋付を誂えておかなかったのかと悔やみましてね。それで、あれからすぐに、おまえと巳之吉の紋付、羽織袴を仕立てさせたのですよ」

「えっ、あっしのも……」

「ええ。ほら、これがおまえの紋付ですよ。袖《そで》を通してみますか？」

達吉は慌てた。

「なんの、滅相もねえ……。あっしなんて、次に紋付がいるのは、てめえの葬儀くれェのことでよ。けど、そんときゃ紋付じゃなくって、白ェ《しれ》経帷子《きょうかたびら》が必要になるってもんでよ。こんなものを誂えてもらっても、猫に小判……。あっ、そうか！　その前《めえ》に、女将さんと巳之吉の祝言があるか……。なんだ、なんだ、そういうことだったのかよ！　だったら、悦んで着させてもれェやすぜ」

達吉の言葉に、今度はおりきが挙措を失う。

「大番頭さん！　わたくしはそんなつもりで誂えたわけではありませんよ。立場茶屋おりきの大番頭と板頭という立場上、いつ何があっても慌てないようにと、誂えただけですからね」

「だからさ、そのいつ何があってもというのが、二人の祝言じゃねえか。周囲《まわり》の者は皆そう思っているのに、肝心《かんじん》の二人がいつまでも煮え切らねえんだからよ……」

「………」

おりきは言葉を失った。

思いもよらない話の展開に、戸惑《とまど》ってしまったのである。

おりきは深呼吸すると、達吉を見た。

「大番頭さん、不謹慎ですよ！　こずえさまが亡くなられたばかりというのに、わたくしたちの祝言でもないではありませんか。さっ、書出を各部屋に配ってきて下さいな」

達吉は調子に乗りすぎたとでも思ったのか、面目《めんぼく》なさそうな顔をして書出を受け取った。

達吉が帳場を出て行き、おりきは改まったように、巳之吉の紋付に目をやった。

紋付を誂えるにあたって、家紋《かもん》に頭を悩ませたことを思い出したのである。

巳之吉は町人の子として生まれ、達吉は元百姓である。

無論《むろん》、家紋などあるはずもなく、仕立屋から染め抜きは間に合わないので縫紋《ぬいもん》にするが家紋は、と訊かれてはたと困った。

それで、それとなく達吉に訊ねたのだが、返ってきた言葉は、そんなもん、あるわけがねえ、のひと言だった。

巳之吉にいたっては、子供の頃に火事で親兄弟を失ったというのに、家紋を訊ねたところで判《わか》りようもない。

それで、仕立屋が見せてくれた見本の中から選ぶことになったのであるが、その数の多いこと……。

聞くと、二万種以上はあるという。

仕方がなく、仕立屋が見せた三百種ほどの中から選んだのであるが、迷いに迷った末、品川宿は月の名所ということもあり、達吉には半月を、巳之吉に月星を選んだのだった。

そのときは、自分と巳之吉の祝言のことなど念頭《ねんとう》にもなかったが、達吉に指摘されてみると、案外、根底にはその想いがあったのかもしれない。

少なくとも、忌み事ではなく、慶事《けいじ》にこれを纏ってほしいという想いはあったように思う。

それが、自分と巳之吉の祝言ではないにしても……。

日頃の巳之吉は、上総木綿《かずさもめん》か桟留《さんとめ》の小袖《こそで》に、前垂《まえだ》れ、片襷《かただすき》という出《い》で立ちである。

どこから見ても鯔背《いなせ》な巳之吉だが、紋付に羽織袴姿を見てみたいと思ったのも事実である。

おりきはハッと我に返ると、引き出しから自分の礼服を取り出した。

六尺《ろくしやく》（駕籠《かご》舁《か》き）の八造は、礼服姿のおりきと背後に正装した巳之吉の姿を認め、驚いたという顔をした。

「大崎村の真田屋の寮まで行って下さい。以前、茶会の折にも行ってもらったので、場所は判ると思いますが……」

「へい。どなたか亡くなられたのでやすか？」

おりきは無言で頷いた。

八造はそれ以上訊かないほうがいいと判断したようで、会釈をすると四ツ手の簾《すだれ》を捲《めく》り上げた。

何も言わずとも心を察してくれる、八造のこういったところが気に入っていて、毎度、おりきは贔屓にしているのだった。

巳之吉がもう一台の四ツ手に乗り込む。

はァん、ほ、はァん、ほ……。

先棒《さきぼう》と後棒《あとぼう》が掛け声をかけて、御殿山《ごてんやま》の方向に駆けて行く。

大崎村の寮に着くと、沼田屋の手代が門前で待機していた。

おりきは四ツ手から降りると、八造に駕籠賃の他に酒手《さかて》を渡し、

「半刻《はんとき》（一時間）ほどしたら引き返しますので、待っていてもらえますか？」

訊ねた。

八造も呑み込んだもので、二つ返事で承諾する。

すると、手代が傍に寄ってきて、沼田屋の旦那さまは改めて通夜に顔を出すと言われて既《すで》に蔵前《くらまえ》に帰られやした、現在《いま》は、源次郎さまと真田屋の主人《あるじ》夫婦だけでやす、と耳許で囁く。

そうして、手代は先日茶会が開かれた、閑古庵に通じる露地とは別の通路を、奥へと導いた。

寮の門前には忌中幕《きちゆうまく》が巡《めぐ》らされ、忌中と記《しる》された弓張提灯《ゆみはりぢょうちん》が掲《かか》げられていた。

まだ通夜までかなり間があるせいか、邸内はしんと静まり返っている。

玄関を入り訪《おとな》いを入れると、お端女が出て来て、お待ちしていました、とおりきと巳之吉を座敷に案内した。

こずえは中庭に面した八畳間に安置されていた。

頭を北向きにして、枕許《まくらもと》には逆さまにした屏風が一対《いっつい》……。

白布で顔を覆われ、胸に魔除《まよけ》の刃物が載せられている。

真田屋吉右衛門《きちえもん》と妻のたまき、そして源次郎がこずえを囲むようにして坐《すわ》っていた。

おりきは吉右衛門の傍まで進むと膝を落とし、深々と辞儀をした。

「この度はご愁傷《しゅうしょう》さまにございます」

そう言い、続いてたまきに、源次郎にと頭を下げ、巳之吉もそれに倣《なら》った。

「女将、よく来て下さいましたな」

「本当に……。お忙しい中を申し訳ございません」

吉右衛門とたまきが交互に言う。

「忙しいなどとは滅相もございません。わたくしどもはこずえさまと源次郎さまには少なからずご縁を頂きました。それで、最期のお別れをさせていただきたく、こうして通夜の前に伺わせていただきました」

「有難うございます。さっ、顔を見てやって下され」

吉右衛門が目まじすると、枕許にいた源次郎が顔の白布を払った。

おりきと巳之吉が遺体の傍まで膝行する。

こずえは白い肌に頰紅《ほおべに》を差し、まるで、眠っているかのように安らかな顔をしていた。

「なんて穏《おだ》やかで、綺麗なお顔でしょう」

おりきがそう言うと、源次郎がクククッと肩を顫《ふる》わせた。

「苦しかったであろうに、最期まで、辛い、苦しいという言葉をひと言も発しませんでした。それどころか、あたしの手を握り、女房にしてくれて有難う、このふた月半ほど幸せなことはなかった、もう思い残すことはない、有難う、有難う、と何度も言いましてね。最期は、蠟燭の火が消えるように、ふっと息絶えました……」

源次郎はそこまで言うと、堪《こら》えきれずに激しく嗚咽《おえつ》した。

たまきも袖で顔を覆う。

「こずえが不治の病を得て、それももう永くはないと解っていて二人に祝言を挙げさせましたが、果たしてそれでよかったのかと逡巡《しゅんじゅん》していたのは事実です。けれども、こずえは短くとも妻としての幸せを味わえたのです……。やはり、これでよかったのだと、現在《いま》は、源次郎さんに感謝しています」

「何より、源次郎には辛い目に遭《あ》わせてしまい、あたしは申し訳なく思っていましてね」

吉右衛門も辛そうに言う。

「お義父《とう》さん、また、そんなことを……。こずえと夫婦《めおと》になれたことを一番悦んでいるのは、このあたしなのですよ。こずえはあたしに有り余るほどの思い出を残していってくれました。こずえは最期に思い残すことはないと言いましたが、その想いはあたしも同様なのですよ」

源次郎が啜り泣く。

おりきは源次郎を励ますように言った。

「こずえさまは幸せだったのですね。わたくしもこずえさまが幸せに思い死んでいかれたと知り、安堵いたしました。源次郎さま、寂しくなられたでしょうが、こずえさまはあなたさまの心の中でいつまでも生き続けられることでしょうよ。姿は見えずとも、常に、あなたさまのお傍にいる……。わたくしも大切な人を何人も失いましたが、そう思っているのですよ」

すると、傍にいた巳之吉がこずえに向かって語りかけた。

「こずえさま、あっしは今日お別れを言いに来ただけでなく、お礼を言いたくて参りやした。こずえさまのお陰で、本格的な茶事懐石《ちゃじかいせき》を作らせていただきやしたし、祝言の祝膳も、本膳《ほんぜん》による婚礼料理を作らせていただき、あっしにとっては板前冥利《みようり》に尽きるといってもよく、なんと礼を言えばよいのか……。それに、あっしは茶事、婚礼を通して、こずえさまのひたむきさに胸を打たれやした。なんとしてでも、こずえさまと源次郎さまには幸せになってもらいてェと願ってもいやした。本当に、お二人には教えられることばかりで……。有難うごぜえやした」

巳之吉の頬を、大粒の涙が伝った。

こんな巳之吉を見るのは、初めてのことである。

「巳之吉さん、有難う！」

源次郎が巳之吉の両手を摑《つか》み、ゆさゆさと揺する。

巳之吉は源次郎の目を瞠め、その手をギュッと握り締めた。

「今宵の通夜は失礼させていただきますが、改めて、明日の野辺送りに参ります」

おりきは改まったように吉右衛門に頭を下げると、こずえに手を合わせた。

そうして、暇《いとま》の挨拶を終え、座敷を辞そうとしたときである。

中庭の萩が目に入った。

どうやら宮城野萩のようだが、なんと、ここでも竹で隧道を象《かたど》り、萩を両側から伝い這わせているではないか……。

おりきは稲妻《いなずま》にでも打たれたかのように、萩の隧道に釘《くぎ》づけとなった。

たまきが傍に寄って来る。

「こずえの好きな花でしてね。先代が閑古庵で茶花《ちゃばな》として育てていたのを株分けして、大切に世話をしていましたのよ。萩で隧道を作ってみると言い出したのは、病に冒《おか》される前のことでしてね。やっと、この秋、隧道らしく見えるほどに成長したというのに、こずえの生命《いのち》が枯れてしまったのですものね……」

たまきは寂しそうに微笑んだ。

花の時期は既に終わり、現在《いま》はところどころになごり花を抱くだけで、地面には花弁の絨毯《じゅうたん》が出来ている。

が、それでも、隧道は青々とした葉で覆われ、見事であった。

こずえは萩の隧道に紫紅色《むらさきべにいろ》の花が茂《し》みみに咲いたのを見届け、花弁が一片《ひとひら》、二片《ふたひら》と零《こぼ》れていくにつれて弱っていき、昨夜、十三夜の月に誘《いざな》われ、息を引き取ったのであろう。

源次郎も傍に寄って来る。

「今後は、あたしが引き継ぎます。こずえが丹精《たんせい》を込めて作った萩の隧道ですからね。あたしが必ず護ってみせましょう」

頼もしい源次郎の言葉だった。

その瞬間、おりきは源次郎の強い意思を見たように思った。

源次郎はこずえ亡き後も、真田屋の屋台骨《やたいぼね》を背負《せお》っていくつもりなのである。

源次郎の胸の中で、こずえは現在《いま》も生きていて、恐らく、これから先もずっと生き続けるに違いない。

おりきの胸が熱くなった。

客室の縁側に作った、萩の隧道が目に浮かんだのである。

何故かしら、こずえがおりきの身体に乗り移り、萩の隧道を作らせてくれたように思えてならない。

真田屋の寮を辞し、再び、八造の担《かつ》ぐ四ツ手に揺られながら門前町に引き返す最中《さなか》も、頻《しき》りに、萩の隧道のことが頭を擡《もた》げた。

数ある花の中で、萩の花が好きだと言ったこずえ……。

野山に自生し、秋の七草の筆頭に数えられる萩。

萩という字は、秋に咲く花という意味でつけられたそうな……。

決して華《はな》やかでもなければ、どこにでもある侘《わび》た花だからこそ、こずえはその可憐《かれん》な花に惹《ひ》かれたのであろう。

高円《たかまど》の野辺の秋萩　な散りそね
　君が形見に見つつ偲《しの》はむ

恋しくは形見にせよと　我が背子《せこ》が
　植ゑし秋萩　花咲にけり

おりきの脳裡を、二つの和歌がつと過ぎった。

どちらも万葉集《まんようしゅう》に収められた歌で作者不詳《ふしょう》というが、これほど、現在《いま》の源次郎に相応《ふさわ》しい歌はないように思った。

生命《いのち》は尽きても、思う人あれば、魂《たましい》が尽きることはない。

おりきの眼窩《がんか》に、こずえの儚げな姿が浮かび上がる。

萩の隧道の下に佇《たたず》むこずえ……。

秋風に萩の葉がさやさやと揺れ、その刹那、こずえの姿は隧道の中に消えていった。

こずえさま……。

おりきは胸の内で、そっとこずえの名を呟いた。

色鳥《いろどり》

おまきは盆に空《あ》いた銚子《ちょうし》を載《の》せて客席から戻ってくると、配膳口から板場に向けて注文を通した。

「五番飯台《はんだい》、お銚子五本！　それに、何か肴《さかな》を適当に見繕《みつくろ》って、あと五品！」

焼方《やきかた》の新次《しんじ》がチッと舌を打ち、振り返った。

「適当に見繕えだと？　ふざけやがって……。そんな注文の通し方があるもんか！　こちとら、旅籠《はたご》の板場と違って、どの客に今まで何を出したかなんて判《わか》っちゃねえんだからよ。茶立女《ちゃたておんな》のおめえらが判断するか、次は何が欲しいのか客にちゃんと訊《き》いてくるのが常識だろうが！」

「けど、訊いたんだけど、本当になんでもいいって……」

おまきが潮垂《しおた》れ、すじりもじりと前垂《まえだ》れを扱《しご》く。

燗場《かんば》で酒を燗《つ》けていたおくめが、呆《あき》れ返ったような顔をして寄って来る。

「豪気《ごうき》だね、あの連中……。三人でもう十本は銚子を空けたっていうのに、まだ飲むつもりなんだからさ。おまき、これまで五番飯台に何を出したんだい？」

「刺身盛《さしみも》りでしょ？　それに、鮪《まぐろ》の山かけに秋刀魚《さんま》の塩焼《しおやき》、蛸酢《たこす》に鰯《いわし》の梅煮《うめに》……」

　おまきが指折り数える。

「魚ばかりじゃないか。じゃ、あと五品と言うんだから、煮染《にしめ》とか豆腐《とうふ》、青菜《あおな》の胡麻《ごま》和《あ》えとかを持って行ったらどうだえ」

　おくめが仕こなし顔に言う。

　おまきは慌てて首を振った。

「それが駄目なの。適当にって言われたもんだから、じゃ、次は野菜ものにしましょうかって訊いたら、俺たちゃ、筏宿《いかだやど》に着いたら美味《うめ》ェ魚をたらふく食うのを愉《たの》しみにして奥多摩《おくたま》から筏《いかだ》を流して来たんだからよって、怖い顔をして睨《にら》みつけるんだもの……」

　茶立女の中では最古参《さいこさん》のおよねも寄って来る。

「あの連中、上乗《うわの》りさんだろ？　夏場は山で伐採《ばっさい》や植樹《しょくじゅ》に手を貸しているんだもの、川魚を口にすることはあっても、滅多《めった》に無塩《ぶえん》の魚なんて食べられないからね。筏を無事に宿まで川下《かわさ》げした後、魚をたらふく食べたいと思う気持を解《わか》ってやらなきゃ……。そうさね、刺身、酢物《すのもの》、煮魚《にざかな》、焼魚《やきざかな》と出たのなら、あとは揚物《あげもの》、椀物《わんもの》、蒸《む》し物、ご飯《はん》物《もの》ってとこかね」

さすがは甲羅《こうら》を経《へ》た、およねである。

板場の新次に向かって、声を張り上げる。

「新さん、魚の天麩羅《てんぷら》は何が出来るかえ？」

「穴子《あなご》に、海老《えび》の掻《か》き揚《あげ》、沙魚《はぜ》ってとこかな」

「じゃ、それを盛り合わせにして、あとは鯖《さば》の船場《せんば》汁《じる》と海鼠酢《なまこす》でも出すんだね」

「あいよ！　じゃ、それでいくからよ」

おまきが狼狽《うろた》え、およねの袖《そで》を揺《ゆ》する。

「およねさん、まだ二品足《た》りないけど……」

「何言ってんだよ。穴子、海老の掻き揚、沙魚で、これで三品。船場汁と海鼠酢が加わって、五品じゃないか。それで足りないようなら、丼物《どんぶりもの》か釜飯《かまめし》を勧《すす》めるんだね」

およねは澄ました顔で答えた。

「およねさんの言うとおり！　さっ、燗《かん》が燗いたよ、運んで来な」

おくめに言われ、おまきが銚子を盆に載せ、五番飯台へと運んで行く。

その背を見送り、おくめが呟《つぶや》く。

「あいつら、昼日中《ひるひなか》からいい気なもんだよ」

「いいってことさ。筏流しを終えて、しこたま手当を貰《もら》ったんだろうからさ……。うちにしてみれば、中食《ちゅうじき》の書き入れ時を終えたら夕餉時《ゆうげどき》になるまで閑古鳥《かんこどり》が鳴くんだもの。ああして銭を落としてくれる客がいてくれて、結構毛だらけ猫灰だらけってなもんでさ！」

およねがあっけらかんとした口調《くちょう》で言う。

「けど、上乗りさんは大概《たいがい》が六郷《ろくごう》か川崎《かわさき》でお茶を濁《にご》すのに、よく品川宿門前町《しながわしゅくもんぜんちょう》まで脚《あし》を伸ばしてくれたね」

「いや、たまにあるんだよ。美味《うま》い魚を食うにはどこがいいかと、あいつらはあいつらで下調べをしているからさ。そうか、おくめは暫《しば》く茶立女から離れていたもんね。上乗りさんがここに顔を出すようになったのは、さあ、五年くらい前だろうか……。尤《もっと》も、これまでは、あんなだだら大尽《だいじん》（金を湯水《ゆみず》のように使う客）はいなかったけどさ」

「ああ、それで、これまでも来ていたんだけど、気づかなかったんだね」

おくめは八年ほど前まで立場茶屋《たてばぢゃや》おりきの茶立女をしていたが、おりきの世話で屋《や》根葺《ねふ》き職人の元に嫁《とつ》ぎ、亭主の死後、元々反《そ》りの合わなかった姑《しゅうとめ》から三行半《みくだりはん》を突きつけられ、出戻って来たのである。

それが、三年ほど前のこと……。

おりきは快《こころよ》く出戻りのおくめを受け入れ、おくめも昔取った杵柄《きねづか》とばかりに今日まで戦力となってきたのだが、上乗りさんは去年も一昨年《おととし》も来ていたというのに、どうやら気づかなかったようである。

筏流しは、秋の彼岸《ひがん》から翌年の八十八夜《はちじゅうはちや》まで行われる。

奥多摩で伐《き》り出された青梅材《おうめざい》は、多摩川《たまがわ》を筏で川下げられた。

火事と喧嘩《けんか》は江戸の華《はな》といわれるほど、江戸は火事が多い。

そのため、建築資材の需要《じゆよう》は増加の一途《いっと》を辿《たど》り、奥多摩の青梅材は重宝《ちょうほう》がられたのである。

この青梅材を筏にして流すのが上乗りで、彼らは羽村《はむら》の堰《せき》から六郷まで通常三泊四日の行程で川下げし、六郷の筏宿に引き渡す。

野分《のわ》けや梅雨《つゆ》の長雨により水嵩《みずかさ》の増える夏場を避《さ》け、秋から春にかけて川下げするのは、筏流しが非常に危険を伴《ともな》うからであった。

そのため、上乗りが得る日当は、大工や左官の数倍といわれ、無事に筏宿まで辿り着いた上乗りが、成功を祝し一献《いっこん》傾けたくなる気持は解らなくもなかった。

が、筏宿が紹介する彼らの宿は大概が六郷か川崎で、これまでは門前町まで脚を伸ばす上乗りは滅多にいなかったが、ここ数年、彼らの中にも美食を求めるものが増えたとみえ、こうして時折、立場茶屋おりきにも顔を見せるようになったのである。

「おっ、海鼠酢が上がったぜ！」

新次が板場から鳴り立てる。

おまきは五番飯台に銚子を運んで行ったきり、まだ戻って来ない。

およねが、おまきったら！　と舌打ちし、盆に海鼠酢の入った小鉢《こばち》を載せる。

おまきは五番飯台の傍《そば》で膝《ひざ》をつき、客の話に耳を傾《かたむ》けていた。

が、難癖《なんくせ》でもつけられているのかと思ったが、どうやら、そうでもないらしい。

「お待たせしました。海鼠酢をお持ちしました」

およねが客の前に小鉢を配し、横目でちらとおまきを睨む。

「おっ、ねえさん、いいところに来た！　今よ、このねえさんに話してたんだが、俺たちゃ、鈴ヶ森《すずがもり》で何を見たと思う？」

三十路《みそじ》半《なか》ばの狐目《きつねめ》をした男が、意味深《いみしん》な表情をして、およねを瞠《みつ》める。

「何って……。鈴ヶ森で見たというのなら、処刑《しょけい》ですか？」

「そう、それよ！　ところがよ、これがなんと、火焙《ひあぶ》りの刑でよ。磔《はりつけ》や晒《さら》し首は先《せん》にも見たことがあるが、火焙りの刑なんて初めてだったからよ……。しかもよ、それが八百屋《やおや》お七《しち》の再来といってもよく、二十二歳の女《おな》ごだというじゃねえか……」

およねの顔が強張《こわば》る。

「なっ、驚いただろ？　じゃ、おめえもそこに坐《すわ》って聞きな」

男に言われ、およねはちらと板場のほうを振り返った。

が、ここまで聞いたからには、最後まで聞かずにはいられない。

それに、現在《いま》は大広間に他の客はいない。

天麩羅や船場汁が上がったら、おくめが声をかけてくれるであろう……。

およねは誘惑に負け、腰を下ろした。

「それがよ、聞いた話じゃ、話の中身までが八百屋お七にそっくりなのよ。まっ、お七は十六歳で、今日処刑された女ごは二十二歳と、歳《とし》は違うんだがよ」

男がそう言うと、隣に坐った男が割って入ってくる。

「歳だけじゃねえぜ！　お七は近所の寺の火災で焼け出され、避難した先で寺小姓《てらこしょう》に出逢《であ》い、相思《そうし》の仲となった……。ところが、八百屋の再建により、二人が引き裂《さ》かれることになり、それで、再び火事が起これば男とまた一緒に暮らせると思って火を放ったんだが、その二十二歳の女ごは水茶屋《みずぢゃや》の女ごでよ。客の妻子持ちの男に惚《ほ》れて、女房にしてくれねえのなら死ぬの生きるのと騒いだ末、男に愛想尽《あいそづ》かしされたのを逆《さか》恨《うら》みして、男の家に火を放ったんだからよ」

「そりゃそうかもしれねえが、切《せつ》ねえ女心は同じでよ。杉さんが言うように、俺もあの女ごはお七の再来と思ってるからよ」

今度は、向かいに坐った男が割って入る。

「それによ、お七は吟味《ぎんみ》の際、奉行が情《なさ》けをかけて、そのほう、歳は十五歳であろう、と問い質《ただ》したのに対し、お七は自分は十六歳だと言い張り、頑《がん》として、奉行の情けを受けようとしなかった……。俺が思うに、お七は男と添《そ》えなかったことで世を儚《はかな》み、生命《いのち》を投げ出しても構わねえと覚悟していたということでよ。二十二歳の女ごも火焙り台にかけられ、呟いたそうな。これでようやく、好いた男とあの世で一緒になれると……。なっ、二人とも、生命《いのち》をかけて男に惚れ抜いたところは同じで、切ねえ話じゃねえか……」

杉さんと呼ばれた男が、しみじみとした口調で言う。

「では、今日、火焙りになった女ごが惚れた男は、その火事で死んじまったんですか？」

男が頷《うなず》くと、およねがあっと口に手を当て、おまきを見る。

「そうだったんだって……。そればかりか、女房や子、使用人と、五人も死んだのですって！」

おまきが眉根《まゆね》を寄せる。

およねは大仰《おおぎょう》に首を振ってみせた。

「嫌《いや》だ！　あたしには解らない。だって、そうだろう？　死んで男と一緒になりたいのなら、男を刺し殺して自分も後を追えばいいじゃないか！　何も、火を放って、女房や子まで巻き添《ぞ》えにしなくても……」

「だからよ、女ごには女房や子の存在が憎《にく》くて堪《たま》らなかったんだよ。奴らがいるから、自分が幸せになれないとな……。事実、饅頭屋《まんじゅうや》をやっていたその男は、一時《いっとき》、内を外にし、女房や子を顧《かえり》みなかった。ところが、あるときからそれが逆転してよ。ふっつりと女ごの家に寄りつかなくなったそうでよ。というのも、女房から二人目の赤児《やや》を身籠《みご》もったと打ち明けられたからでよ。女ごにしてみれば、青天《せいてん》の霹靂《へきれき》……。女房と別れて自分と一緒になると男から言われていたもんだから、裏切られたとでも思ったんだろうよ。だから、火を放った……。修羅《しゅら》の焔《ほのお》に燃えた女ごには、後先《あとさき》考えることが出来なく、激情《げきじょう》に走るより仕方がなかったんだろうさ」

「けど、それのどこがお七の再来なんですか！　お七は恋しい男と再び一緒に暮らしたいと、そんな子供じみた想《おも》いで火を放ったんですよ。しかも、相手の男は、お七が処刑された後、剃髪《ていはつ》して僧になり、生涯、お七の菩《ぼ》提《だい》を弔《とむら》ったというじゃありませんか」

　およねはどうにも納得がいかないとみえ、唇を尖《とが》らせた。

　男たちが苦笑する。

「おめえはよ、お七が子供じみた想いから火を放ったというが、幸い、お七が放った火はボヤ程度で収まり大事に至《いた》らなかったそうだが、運が悪けりゃ、大火となって何人もの人が焼け出されたかもしれねえんだぜ！　焼死者だって出たかもしれねえ……。そもそも、びり出入（男女間のもつれ）の果てに火を放つという行為そのものが、激情に走るということでよ。その意味じゃ、お七もその女ごも変わりはしねえのさ」

「そう、その通り！　第一《でえいち》、八百屋お七が火焙りになったのも鈴ヶ森だしよ。処刑役人の話じゃ、今日の女ご、芝居の看板に描《えが》かれたお七の風貌《ふうぼう》にどこかしら似ていたそうでよ。してみると、百八十年以上経《た》ってお七が生まれ変わり、今度こそ惚れた男と添い遂《と》げたいと願ったが、それが叶《かな》わず、再び火を放った……。そう思ったところでおかしくねえからよ」

「ねえさん、いけねえな。男の俺たちでも女心が解るというのに、女ごのおめえが解らねえようではよ！」

　男たちから口々に言われ、およねはきっと唇を嚙《か》み締《し》めた。

と、そこに、おくめから声がかかった。

「天麩羅と船場汁が上がったよ！　ちょいと、二人とも油を売っていないで、戻って来ておくれよ。あたし一人じゃ運べないじゃないか！」

およねとおまきがバツの悪そうな顔をして、配膳口へと戻って行く。

「なんだい、およねさんまで！　てっきり、おまきを呼び戻すんだろうと思っていたのに、これじゃ、ミイラ取りがミイラになったのも同然だ！」

おくめはお冠《かんむり》である。

「ごめんよ。引き留《と》められちまったもんだから、つい……」

「済みません。あっ、大丈夫です。これはあたしが運びますから……」

おまきはおくめの手から盆を受け取ると、素直に頭を下げた。

「運んで行って、また、戻って来ないなんてことをするんじゃないよ！」

おくめが甲張《かんば》った声で釘《くぎ》を刺す。

そこに、大山詣《おおやまもうで》の客がどやどやと纏《まと》まって入って来た。

「いらっしゃいませ！」

「さァさ、お寛《くつろ》ぎ下さいませ！」

およねとおくめが愛想《あいそ》のよい声を投げかけて、客を出迎える。

そろそろ、七ツ半（午後五時）になるのであろうか……。

およねは火焙り刑になった二人の女ごへの想いを念頭《ねんとう》から払うと、気を引き締めるようにして客を案内した。

その頃、旅籠の帳場でも、火焙りになった女ごのことが話題となっていた。

鈴ヶ森からの帰り道、亀蔵《かめぞう》親分が立ち寄ったのである。

「久し振りの火焙り刑だったからよ。あんまし見物人を寄せつけたくはなかったんだが、なんせ煙が立ちのぼるもんだから、どうしても、野次馬《やじうま》が集まっちまう……。おっ、おりきさんよ、おめえ、火焙り刑を見たことがあるか？　そりゃあ酷《むげ》ェもんだぜ……」

亀蔵が渋面《じゅうめん》を作る。

おりきは戸惑《とまど》ったような顔をして、首を振った。

「磔も確かに酷《むげ》ェが、生きたまま焼き殺されるんだからよ。しかも、罪人を海の方向に向けて罪柱《ざいちゅう》に縛《しば》りつけ、足許《あしもと》に積まれた薪《まき》に火を点《つ》けるもんだから、立ちのぼる煙が海風に乗って後方へと流される……。つまりよ、煙を吸って窒息死するのなら勝負は早《はえ》ェが、燃え盛る炎の中でじわじわと焼かれるのだから、これほど惨《むご》たらしいことはねえ……」

「何ゆえ、そのようなことを……」

おりきが息を呑《の》むと、亀蔵は苦虫《にがむし》を噛み潰《つぶ》したような顔をした。

「放火、失火を問わず、火を出した者は重罪に科《か》すと御定書《おさだめがき》にあるように、お上《かみ》は火災にはことのほか神経を尖らせているからよ。殊《こと》に、放火ともなれば、情け容赦《ようしゃ》はねえ……。罪人に悶絶《もんぜつ》の地獄を見させることで、罪の重さを人々に知らしめるつもりなんだ。ところがよ、今日処刑されたのが、二十二歳のうら若き女ごとあって、すわ八百屋お七の再来か、と野次馬が色めき立ってよ」

「それで、親分が駆《か》り出されたのでやすか？」

大番頭の達吉《たつきち》が留帳《とめちょう》から目を上げ、亀蔵を瞠める。

「ああ、野次馬を監視するために駆り出されたんだがよ、女ごが炎の中で悶絶するのを目《ま》の当たりにしてみなよ、どうにも後味《あとあじ》が悪くてしょうがねえや……」

おりきは亀蔵のために極上《ごくじょう》の喜撰《きせん》を淹《い》れると、気分直しにどうぞ、と勧めた。

「おっ、済まねえな。あんましゅっくりともしていられねえんだが、後味の悪さを抱《かか》えてこのまま帰《けえ》る気にもなれなくてよ。それで、旅籠もそろそろ忙しくなる頃だと知っていて、邪魔《じゃま》したってわけよ」

「そうだったのですか。わたくしどもは構いませんのよ。どうぞ、ゆっくりしていって下さいませ」

「けど、親分、八百屋お七の再来って、そりゃまたどういうことで？」

達吉が興味津々《きょうみしんしん》とばかりに、ひと膝前に寄る。

「これが、お陸《ろく》という女ごなんだがよ。深川佐賀町《さがちょう》の水茶屋で茶汲女《ちゃくみおんな》をやっていたんだが、塩饅頭《しおまんじゅう》や麩饅頭《ふまんじゅう》で有名な舟《ふな》ヤという見世《みせ》の旦那と鍋《なべ》（離れがたい関係）となってよ。お陸は二十二、吉左《きちざ》という饅頭屋の旦那は四十四……。父娘《おやこ》ほど歳が離れているというのに、二人は本気になっちまってよ。吉左には女房、子がいたが、吉左の野郎、女房と別れておめえと所帯を持つとお陸に言ったらしい……。ところがよ、吉左という男、優柔不断《ゆうじゆうふだん》な男でよ。女房と別れるつもりでいても、なかなか踏ん切りがつかねえ。そうこうするうちに、女房が二人目の子を孕《はら》んじまってよ。そうなると、ますます別れ話が切り出せなくなり、しかも、お陸にはやいのやいのと責め立てられるもんだから、吉左も尻が退《ひ》けちまったのか、お陸に向かって別れ話を切り出した……。生まれてくる赤児《やや》のためにも、おめえにはもう二度と逢わねえとな」

亀蔵はそこまで言うと、喜撰を口に含み、辛《つら》そうに肩息《かたいき》を吐《つ》いた。

「それで、カッとしたお陸が饅頭屋に火を放ったと？」

達吉がじれったそうに亀蔵を促《うなが》す。

「ああ、そういうことだ。けどよ、火を放ったことは許されることじゃねえんだが、俺《おり》ャ、なんだか、お陸が不憫《ふびん》でよ……。お陸の奴、お白洲《しらす》でこう言ったというのよ。殺すつもりはなかった、ただ、饅頭屋を焼いてしまえば帰る場所を失い、再び、あの男《ひと》が自分の元に戻って来てくれるのじゃないかと思っただけなのだと……。そんなふうに言って、吉左のいないこの世にもう未練はない、一日も早く自分を火焙りの刑にしてくれ、と嘆願《たんがん》したそうな。それを聞いて、俺ャ、切なくなっちまってよ……。火付けは確かに重罪だ。しかも、此度《こたび》は五人も焼死者を出したんだしよ。お陸も少し考えれば、火を放てば家屋《かおく》を焼くだけでは済まねえことくれェ解りそうなものを、ただただ激情に駆られて突っ走っちまったんだからよ……。それで、他人《ひと》はお陸のことを八百屋お七の再来というんだろうが、どっちにしたって、女心のなせる業《わざ》……。辛《つれ》ェ話だぜ」

亀蔵が遣《や》り切れなさそうに太息《ふといき》を吐く。

すると、達吉がハッと顔を上げ、亀蔵に目を据《す》えた。

「親分、違《ちげ》ェねえ！　まさに、お陸は八百屋お七の再来ですぜ。だってよ、考えてもみな？　お陸は数字にすると、六……。それに、吉左はお七の相手、小野川吉三郎《おのがわきちさぶろう》……。ほら、名前《なめえ》だってどこかしら似ているじゃねえか！」

「大番頭さん、小野川吉三郎は『好色五人女《こうしょくごにんおんな》』の中で使われた名前で、寺小姓の本当の名は定かではないそうですよ。お七さんが処刑された後、名を西運《さいうん》と改め、目黒《めぐろ》の明王院《みょうおういん》でお七さんの菩提を弔ったというのは、本当の話のようですがね」

おりきが誤《あやま》りを正すと、達吉は首を竦《すく》めた。

「あっ、吉三郎は『好色五人女』のね……。するてェと、世の哀《あわ》れ　春ふく風に名を残し　おくれ桜の　今日散りし身は……、というあの有名な辞世《じせい》の句も、お七が詠《よ》んだ句じゃねえと？」

達吉が目をまじくじさせる。

おりきと亀蔵は唖然《あぜん》としたように顔を見合わせ、ぷっと噴《ふ》き出した。

「まったくよォ、こういう輩《やから》が多くて困らァ……。浮世草子《うきよぞうし》やら芝居やらで面白《おもしろ》おかしく演出されたもんだから、一気に、八百屋お七も有名になっちまってよ。お陰で、お七を祀《まつ》った墓や地蔵《じぞう》があちこちにあるっていうじゃねえか……。大森《おおもり》の密厳院《みつごいん》に葬《ほうむ》られたという説があるかと思えば、お七の菩提寺《ぼだいじ》円乗寺《えんじょうじ》にあるともいわれ、密厳院のお七地蔵《しちじぞう》なんて、元は鈴ヶ森に建立《こんりゅう》されたのが一夜《いちや》で大森まで飛んできたという言い伝えまであって、そのため、一夜で願いが叶う一夜地蔵《いちやじぞう》と呼ばれてるってんだから、驚き桃の木……。第一《でえいち》、墓なんてあるわけがねえだろうが！　鈴ヶ森で処刑された者は十把一絡《じっぱひとから》げに打ち棄《す》てられるんだからよ」

亀蔵がそう言うのも、しごく当然……。

鈴ヶ森刑場で行われたのは、磔、火焙り刑、晒し首（獄門《ごくもん》）で、打首《うちくび》は伝馬町《てんまちょう》の牢《ろう》屋敷《やしき》で行われ、首だけが鈴ヶ森、小塚原《こつかっぱら》に運ばれた。

鈴ヶ森と小塚原が晒し首の場所に選ばれたのは、どちらも街道筋にあり、また宿場町の傍とあって、見せしめには恰好《かっこう》の立地《りっち》条件であったからである。

そのため、刑場内のお題目塔《だいもくとう》の左手に首洗《くびあら》いの井戸があり、磔、火焙り刑で処刑された者の遺体は、刑場の裏手に打ち棄てられるという。

つまり、亀蔵が言うように、十把一絡げに処理されたのである。

処刑役人に根回《ねまわ》しをして、鼻薬《はなぐすり》を嗅《か》がせて遺体を下げてもらわない限り、墓地に葬ることは不可能であった。

以前、幾千代《いくちよ》はこんなことを言ったことがある。

「あちし、月命日には必ず海蔵寺《かいぞうじ》に詣《まい》るだろ？　皆は海蔵寺の投込塚《なげこみづか》に半蔵《はんぞう》の遺灰《いはい》を収めているからだと思っているようだが、違うんだよ。現在《いま》のあちしなら処刑役人に袖《そで》の下を使うことも出来るが、あの頃はそんな知恵も回らなくてさ。泣く泣く、処刑のときに身につけていたお仕着《しき》せを分けてもらい、それを焼いて灰にしてさ……。けど、血に染まったお仕着せに火を点けても、なかなか燃え上がらなくてさ。ああ、半蔵が無念がってるんだと思うと、あちしの頬《ほお》を止め処《ど》もなく涙が伝ってさ……。その灰を海蔵寺の投込塚に埋葬《まいそう》したのさ。けど、あちしもほんの一握《ひとにぎ》り持ってるんだよ。ほら、これ……。匂《にお》い袋の中に綴《と》じ込めてさ。こうして、帯の間に挟《はさ》んでいつも持ち歩いているのさ」

幾千代はそう言い、帯に挟んだ匂い袋を取り出して見せた。

恐らく、お手製であろう、緞子《どんす》の匂い袋……。

「あちしはさァ、これを肌身離さず身につけてるんだ。半蔵の無念さを決して忘れちゃならないと思ってね……」

幾千代は愛《いと》しそうに匂い袋を頬に当てた。

目から鼻に抜けたような幾千代でさえ、このように磔となった半蔵の遺体を持ち帰れなかったのである。

だから、火焙り刑となったお七の焼死体が、鈴ヶ森から持ち出されたとは考えられない。

井原西鶴《いはらさいかく》が浮世草子「好色五人女」の中でお七を取り上げたのが、貞享《じょうきょう》三年（一六八六）で、歌舞伎《かぶき》「お七歌祭文《うたざいもん》」が大坂《おおざか》で上演されたのが、宝永《ほうえい》三年（一七〇六）……。

これで一気に、お七の名が世に広まったと考えてもよいのではなかろうか。

というのも、お七は天和《てんな》二年（一六八二）の大火（出火元は大龍庵《だいりゅうあん》）で焼け出され、菩提寺の円乗寺に避難して寺小姓に出逢い恋に落ちたのであるが、歌舞伎や浄瑠璃《じょうるり》で脚色されたためにこのときの大火までがお七の放火のように思われるようになり、天和二年の大火をお七火事と呼ぶようになったのである。

だが、事実はそうではなく、八百屋が再建され寺小姓と離れ離れとなったお七が、再び家が火事になるとまた一緒に暮らせると思って火を放ち、このときの火事はボヤ程度で収まったといわれる。

ボヤで収まったのに、何故《なぜ》、お七は火焙り刑に……。

そう疑問に思っても不思議はないが、ボヤであろうが大火であろうがそれは結果の問題であり、放火したことに変わりない。

火事と喧嘩は江戸の華といわれるほど火事の多い江戸で、幕府はことさら火事に神経を尖らせ、放火、失火を問わず重い刑を科した。

因《ちな》みに町火消しいろは四十七組が結成されたのは、享保《きょうほう》五年（一七二〇）のことである。

とはいえ、奉行にも情けがないわけではない。

当時、十五歳以下であれば放火を犯《おか》しても死罪とはならず遠島《えんとう》となったのであるが、お七は十六歳……。

僅《わず》か一歳の違いで生死が分かれるのであるから、奉行が情けをかけたくなるのも頷ける。

だが、吟味の際、おぬしの歳は十五であろうと奉行から質され、いえ、十六です、とお七は何度質されてもそう答えたという。

それで、御定書に則《のっと》り火焙り刑となったのであるが、奉行の情けを突っぱねてまで、火焙り台へと上っていったお七……。

遠島となり、寺小姓と離れ離れになってまで生きていたくないと思ったかどうかは定かでないが、お七は自《みずか》ら望んで火に焙られ、変わり果てた姿となったのである。

そんな潔《いさぎよ》さが、世の同情を呼んだのかもしれない。

とにかく、お七神話は至るところにあるのである。

おりきは亀蔵の湯呑《ゆのみ》に二番茶を注《つ》ぐと、わたくしにもお陸さんの気持が解るような気がしますわ、と言った。

お陸は吉左の女房が二人目の子を宿したことで修羅の焔に燃え、錯乱《さくらん》してしまったのではなかろうか。

おまえこそ、宿世《すくせ》の妻。愛《いと》しいお陸、生涯、おまえを離さない……。

吉左からそう囁《ささや》かれ、待っていればいつか必ず女房にしてくれると信じていたのに、女房に二人目の子が出来たから別れてくれとは……。

お陸には別れてくれと言われたことよりも、自分と濡《ぬ》れの幕を演じ（情を交わす）ながらも女房と褥《しとね》を共にしていたという、現実のほうが応《こた》えたのに違いない。

お陸にとって、それほど屈辱的《くつじょくてき》なことはなかったであろう。

そう思うと、確かに火を放った行為は許せることではないにしても、お陸をそこまで追い込んだ吉左に罪がないとはいえない。

吉左のいないこの世に未練はない、一日も早く自分を火焙りの刑にしてくれと嘆願したという、お陸……。

恋々《れんれん》とした想いに身を焦《こ》がし、最期《さいご》は燃え盛《さか》る炎に身を焦がして果てていった、お陸……。

なんとも遣り切れなく、切ない話ではないか。

「だろう？　俺もこれまで数々処刑を見てきたが、今日ほど辛《つれ》ェ処刑はなかったぜ……」

亀蔵が深々と肩息を吐く。

すると、達吉が思い出したといったふうに呟いた。

「あれっ、親分、幾千代姐《ねえ》さんは？　刑場で姐さんの姿を見かけやせんでしたか？」

いやっと亀蔵が首を振る。

「そう言ャ、妙だよな？　処刑がある日は早めに刑場に出向き、立酒《たちざけ》を振る舞うあの幾千代がよ、今日は姿を見せなかったように思うんだが、はて……」

亀蔵が首を傾《かし》げる。

「幾富士《いくふじ》の具合が悪いのでしょうかね」

「そんなわけがねえ！　昨日、往診に出た素庵《そあん》さまにたまたま出会《でくわ》したんだが、もういつ猟師町《りょうしまち》に帰《けえ》ってもよい状態だと言ってたからよ」

「だったら、何故……。お陸のような女ごにこそ、姐さんが最期の言葉をかけてやってもよさそうなものを……」

達吉が訝《いぶか》しそうに言う。

「親分、見落とされたのではありませんか?」

おりきがそう言うと、亀蔵は胡乱《うろん》な顔をした。

「おう、そうかもしれねえな。なんせ、今日は野次馬が多かったからよ。俺ャ、人立の整理で矢来竹《やらいだけ》の周囲《まわり》を駆けずり回っていたからよ。幾千代がいたのに気づかなかったのかもしれねえ……」

「きっと、そうですわよ」

おりきはそう言ったが、何故かしら、すっきりとしなかった。

それが何なのかは分からない。

ただ、消化しきれないものが、胸の辺りでがさごそと蠢《うごめ》いたように思えたのである。


その夜は泊まり客三組の他に、広間で筏宿の寄合が開かれた。

が、寄合とは名ばかり、筏の初流《はつなが》しを祝っての宴《うたげ》であった。

六郷八幡塚村《やわたづかむら》には、茂兵衛《もへえ》、市郎兵衛《いちろべえ》、宇兵衛《うへえ》の三軒の筏宿があり、この日はそれぞれの主人《あるじ》、番頭が列席し、八幡塚村の名主《なぬし》を含めて七名の宴席《えんせき》となった。

筏宿とは、山元《やまもと》の筏師《いかだし》（荷主）と材木問屋の間に入り、材木の査定《さてい》をして筏師から手数料を取り、一方、材木船に積み荷の斡旋《あっせん》をして材木問屋から口銭《こうせん》を取る、いわば仲介業である。

それゆえ、筏宿は信頼のうえに成り立つ商《あきな》いで、村内有数の旧家が世襲《せしゅう》で運営することになっていた。

おりきは客室の挨拶《あいさつ》を終え、広間へと廻《まわ》った。

すると、おりきの姿を認め、やあ、女将《おかみ》、よいところに来た、紹介しましょうぞ、と名主が手招きをする。

「実は、茂兵衛が代替《だいが》わりをしましてな。女将は今宵《こよい》が初めてと思うが、この男が先代の茂兵衛の倅《せがれ》で、これまでは郁太《いくた》といっていましてね。現在《いま》は四代目茂兵衛というわけです。先代同様、どうか可愛《かわい》がってやっておくれ」

四代目茂兵衛は三十路《みそじ》もつれであろうか、切れ長で涼《すず》やかな目をした、なかなかの雛男《ひなおとこ》であった。

「お初にお目にかかります。立場茶屋おりきの女将にございます。先代にはそれはもう贔屓《ひいき》にしていただきました。それで、先代は息災《そくさい》にしていらっしゃいますでしょうか」

おりきが深々と辞儀をして、訊《たず》ねる。

「いえ、親父《おやじ》はこの春亡くなりました」

えっと、おりきは驚いたように顔を上げた。

「まあ、そうでしたか……。それはご愁傷《しゅうしょう》さまにございます。そうだとは知らずに、お悔《く》やみにも上がらず失礼をしてしまいました」

おりきが恐縮すると、市郎兵衛が割って入ってくる。

「なに、門前町にまで知らせることではないと思いましてね。それに、先代は七十路《ななそじ》だ。歳に不足はありませんからね。本来ならば、とっくの昔に倅に主人《あるじ》の座を譲《ゆず》ってもよかったのだが、何しろ、この茂兵衛さんは先代が歳を取ってからの息子でしてね。それで、代替わりをするのが遅くなったというわけでして……」

市郎兵衛に言われ、茂兵衛が照れたような笑《え》みを浮かべる。

「いえ、あたしが道楽に現《うつつ》を抜かしていたばかりに、親父が退《ひ》くに退けなかったというだけの話です」

「こりゃまた、道楽とは……。女将、鵜呑《うの》みにしてはなりませんぞ！　こいつの言う道楽とは、学問のことですからな。まっ、多少は女ご遊びもしたようですが、それはあたしとて同様……」

今度は宇兵衛である。

「まあ、学問を……」

おりきが驚いたように茂兵衛を見る。

「それも、国学《こくがく》とかいって、あたしらにはわけの解らない学問に逆上《のぼ》せましてな。一時は茂兵衛の家を捨て、学問の道に生きるとかなんとか駄々《だだ》を捏《こ》ねていましてね……。ところが、親父の死で、ようやく筏宿を継《つ》ぐ決意をしてくれたようなので、我々も安《あん》堵《ど》しているところなんですよ」

名主がそう言ったときである。

二の膳《ぜん》が運ばれてきた。

おうめ、おみの、おきちの三人が、次の間から声をかけ、一人ずつ膳を運んで来る。

「おお、これは……」

茂兵衛が緑釉三方向付《りよくゆうさんぽうむこうづけ》に盛られたお造《つく》りを見て、絶句する。

今宵のお造りは、赤魚鯛《あこうだい》の焼霜《やきじも》造りに伊勢海老《いせえび》の洗いであった。

市松大根《いちまつだいこん》と結び長芋《ながいも》、山葵《わさび》を添え、上に菊花《きっか》が散らしてある。

そして、二の膳には他に焼物と炊《た》き合わせが載っていて、今宵の焼物は宝楽焼《ほうらくやき》……。

小ぶりの焙烙《ほうろく》の上に塩と松葉を敷き、その上に、真《ま》魚鰹《ながつお》の味噌漬《みそづけ》、車海老《くるまえび》雲丹《うに》蠟焼《ろうやき》、車海老唐墨粉焼《からすみこやき》、焼栗《やきぐり》、煎《い》り銀杏《ぎんなん》が載っている。

車海老を雲丹蠟焼と唐墨粉焼に分けたところが心憎《こころにく》く、見るからに秋景色を想わせた。

そして、炊き合わせは蟹蕪茶巾《かにかぶちゃきん》となり、これは赤絵蓋物鉢《あかえふたものばち》に入っていて、舞茸《まいたけ》、菊菜《きくな》を添えて葛餡《くずあん》が張ってある。

千枚切り《せんまいぎ》にした蕪《かぶ》の中に、出汁《だし》と淡口醬油《うすくちじょうゆ》で味つけした渡り蟹《わたりがに》の身と百合根《ゆりね》、三つ葉を茶巾状《ちゃきんじょう》にくるむようにして包み、干瓢《かんぴょう》で結んで、もう一度、出汁、酒、味醂《みりん》、醬油で煮込み、最後に舞茸、菊菜を加えて葛餡でとじる。

茶巾の中に何が詰まっているのかと、客をわくわくさせる一品であった。

「あたしはここに来るのは初めてですが、宇兵衛さんから立場茶屋おりきの料理は天下一、目でも舌でも愉しませてくれると聞いていました。けれども、まさか、これほどまでとは思いませんでしたよ。一の膳の八寸《はっすん》や椀物、酢物にも思わず感嘆の声を上げてしまいましたが、二の膳がまた手の込んだこと！」

茂兵衛の感激ぶりに、一の膳を下げようとしたおきちがくすりと肩を揺らした。

「あれっ、何かおかしかったですか？」

茂兵衛が怪訝《けげん》そうにおきちを見る。

おきちは茂兵衛に瞠められ、挙措《きょそ》を失った。

「いえ、別に……。済みません」

おきちは頬を染めると、逃げるようにして一の膳を下げた。

すると、名主がおりきの耳許で囁く。

「女将、今の娘は誰ですか？　初顔のようだが……」

おりきはふわりとした笑みを返した。

「おきちと申します。わたくしの義娘《むすめ》ですが、この春より、女中見習におうめの下につけていますの。何分《なにぶん》、まだ慣《な》れないものですから、どうか不作法《ぶさほう》をお許し下さいませ」

「ほう、女将の義娘とな……。では、いずれ、あの娘《こ》が三代目女将に？」

宇兵衛が身を乗り出す。

「さあ、そうなればよいと思っていますが、現在《いま》は見習修業中の身で、まだなんともいえません」

「女将としての資質があるかどうかということですか？　それなら、案じることはありませんよ。現《げん》に、この茂兵衛さんだって、あれほど自分は筏宿の主人《あるじ》には向いていない、人と接するより書物に接するほうが幸せなのだと情を張っていたくせして、現《い》在《ま》ではすっかり商人《あきんど》の面差《おもざ》しになりましたからね」

「そうそう！　とはいえ、筏流しが始まったこれからが、本領の見せどころだからよ。いわば、今宵は茂兵衛さんの門出《かどで》といってもよく、初流しの祝いだけでなく、その意味も込めているのですからな。ささっ、茂兵衛さん、飲んだ、飲んだ！」

茂兵衛の隣に坐った、市郎兵衛が酌《しゃく》をする。

「いえ、あたしはあまり成る口ではないもんで……」

「いいや、てんごうを！　まったくの下戸《げこ》というわけではないんだろ？」

「ええ、それはまあ……」

「だったら、遠慮《えんりょ》など……。ささっ、平《ひら》に一つさ！」

市郎兵衛が空いたばかりの盃《さかずき》に、再び、なみなみと酒を注ぐ。

「では、皆さま、ごゆるりと召し上がって下さいませ。続いて三の膳が出て参りますが、その後の甘味《かんみ》とお薄《うす》で、再び、お邪魔させてもらいます」

おりきは辞儀をして、広間を辞した。

三の膳は揚物に留椀《とめわん》、飯、香《こう》の物であるが、今宵の揚物は蛤白扇揚《はまぐりはくせんあげ》に青唐辛子《あおとうがらし》……。

蛤の身を殻《から》から外《はず》して衣《ころも》をつけて揚げ、再び殻に戻し、青唐辛子は縦《たて》に切り目を入れて種を除《のぞ》き、その中に、海老の擂《す》り身を詰めて素揚《すあ》げしたもので、これは青磁角皿《せいじかくざら》に盛られている。

留椀は鱧《はも》と松茸《まつたけ》の清《す》まし仕立てで、酢橘《すだち》を添えてある。

そして飯と香の物であるが、常なら、ここは変わりご飯《はん》となるところだが、今宵、巳之吉《みのきち》は鯛茶漬《たいちゃづけ》をと思っているようである。

一口程度に削《そ》ぎ切りにした鯛を、半擂《はんず》りにした白胡麻《しろごま》、醤油、味醂、煮きり酒の中に浸《つ》け、それをご飯の上に載せて、もみ海苔《のり》、山葵、霰《あられ》をあしらい、上から熱い茶を注《そそ》いで食べるのであるが、白胡麻、海苔、霰の芳《こう》ばしい香りに山葵が加わり、おりきも試食してみたのだが、思わずお代わりがしたくなるほどの風味合《ふうみあい》であった。

おりきは茂兵衛が感動のあまり目をまじくじさせる姿を頭に描き、帳場に戻った。

帳場では、幾千代が待っていた。

幾千代は達吉を相手に茶を飲んでいたが、おりきの姿を認めると、慌てて姿勢を正した。

おやっと、おりきは目を瞬《しばた》いた。

幾千代がお座敷姿ではなく、常着《つねぎ》なのである。

「まあ、幾千代さん、今時分どうなさいました？」

おりきが訝しそうな顔をして長火鉢《ながひばち》の傍に坐ると、

「ふふっ、その顔はお座敷はどうしたのかって顔だね。あちしがどうしても出なきゃならない座敷じゃなかったものだから、断ったんだよ」

とバツの悪そうな顔をした。

「まあ、そうだったのですか……。けれども、今日は、あの……」

「鈴ヶ森に行かなかったのかと訊きたいんだろ？　勿論《もちろん》、行ったさ。どこの誰とも知らない者に立酒を振る舞うあちしが、お陸の処刑に知らんぷりするわけがないだろ？」

「お陸の処刑って……。えっ、幾千代さん、お陸さんを知っているのですか！」

おりきが思わず甲張った声を張り上げる。

幾千代は眉根を寄せ、頷いた。

「と言っても、子供の頃のお陸を知ってるだけなんだけど……」

幾千代が辛そうに溜息《ためいき》を吐く。

「あの娘《こ》、あちしが深川の女郎屋にいた頃の仲間の娘でさ。おぬいって女ごだったんだけど、あちし同様、誰の子だか判らない赤児《やや》を孕《はら》んでさ……。あちしの場合は、女郎屋の御亭《ごてい》に勧められるまま中条流《ちゆうじようりゆう》にかかり、そのために、二度と子の産めない身体《からだ》になっちまったんだが、おぬいは中条流にかかるには手後《てお》れだったもんだから、産まざるをえなくなってさ……。そんなわけで、産んだところで里子《さとご》に出さなきゃならないのが解っていて無理して産んだんだよ。ところが、産後の肥立《ひだ》ちが悪くてさ……。生まれた赤児は里子に出されるし、おぬいは一度も起き上がることなく半年後に死んじまってね。ほら、丁度、あちしに半蔵のことがあった直後のことでさ……。半蔵を冤罪《えんざい》に追い込んだことへの償《つぐな》いとして紙問屋から纏まった金を貰って、あちしは自由の身になったばかりだったもんだから、おぬいの産んだ赤児のことが気になってさ……。それで、消炭《けしずみ》に袖の下を使って探《さぐ》らせたのさ」

幾千代は湯呑を手に、口に湿《しめ》りをくれてやると、ふうと肩息を吐いた。

「それで、見つかりましたの？」

「ああ、寺嶋村《てらじまむら》の百姓の家に貰われていてね。それも、ある程度の田畑を持った自前《じまえ》農家《のうか》だというからひとまず安堵したんだが、消炭が言うには、その娘《こ》、お陸という名がつけられたそうな……。あちしがお陸に逢ったのは、あの娘《こ》が六歳のときでね。あちしはもう品川宿で芸者をしていたんだけど、たまたま、客の供《とも》で長命寺《ちょうめいじ》に行くことになってさ。あちしもその後お陸はどうしているのか気になっていたもんだから、客と別れた後、思い切って訪ねてみたのさ」

「まあ、六歳といえば、可愛い盛りですわね」

「ああ、そりゃあ愛らしかったよ。目許《めもと》がどことなく死んだおぬいに似ていてさ……。

ふふっ、あちし、養《やしな》い親に向かって、咄嗟《とっさ》に嘘《うそ》を吐いてさ。ここら辺りに別荘を建てたいと思い、土地を探しているんだがってね……。だって、まさか、子供を前にして、産みの親のことが話せるわけがないじゃないか！　ところがさ、養い親があちしの嘘を本気にして、土地を探しているのなら、うちの田圃《たんぼ》を分けてやってもいいなんて言い出すもんだから、冷や汗をかいちまったよ……。それで、もう少し他の場所を見たいからなんて口から出任《でまか》せを言って、這々《ほうほう》の体《てい》で逃げ出したんだけどさ。けど、おぬいの娘が元気に育ち、養い親からも可愛がられている様子に、ほっと胸を撫《な》で下ろしてね」

「では、その後は一度も？」

幾千代は渋顔《しぶがお》をしてみせた。

「あちしもいい加減《かげん》なもんでさ。お陸が幸せそうなのに安堵したもんだから、いつしら忘れちまってさ。今思えば、その後も何かと気遣《きづか》ってやり、もっと親しくなれていれば、悩み事のひとつも聞いてやれただろうし、此度のようなことにはならなかったかもしれないと思うと、口惜《くちお》しくてさ……」

幾千代がそう言ったときである。

障子《しょうじ》の外から声がかかった。

「女将さん、松風《まつかぜ》の間のお客さまが女将さんをお呼びですが……」

おみのの声である。

おりきは幾千代を見ると、

「暫く待っていてもらえますか？」

と訊ねた。

「ああ、構わないよ。あちしも胸の内を誰かにさらけ出しちまわないと、すっきりしなくてさ。いいから、用を済ませてきな」

幾千代が再び湯呑を口に運ぼうとする。

どうやら、空腹《からはら》のようである。

「幾千代さん、夕餉《ゆうげ》は？」

おりきがそう言うと、あら嫌だ、あちし、今宵はまだ何も食べていなかったんだ……、と照れたように言った。

「そうだ、大番頭さん、誰かを彦蕎麦《ひこそば》まで走らせてくれないかえ？　天麩羅蕎麦《てんぷらそば》を一枚出前してくれないかと言ってさ」

「あら、それでしたら、巳之吉に何か作らせましょう。達吉、板場にそう伝えて下さいな」

「へい」

「悪いね」

「構いませんのよ。では、わたくしは少し失礼いたしますわね」

おりきはそう言い置き、二階の客室へと上がって行った。


その頃、広間では、三の膳が配されたばかりであった。

が、厠《かわや》に行くと席を外した茂兵衛が、まだ戻って来ない。

広間は、鈴ケ森の火焙り刑で話題沸騰《わだいふっとう》していた。

「八百屋お七の再来だそうですな」

「歳も違えば状況も違うが、女ごの業《ごう》の深さはおっつかっつ……。しかも、聞いた話では、なんと、歌舞伎の看板に描かれたお七と、その女ごは瓜割四郎《うりわりしろう》というではありませんか！」

「だが、お七の場合は死者が出なかったが、此度は五人も焼死者を出したんだからよ。寧《むし》ろ、お七よりおぞましくって、そそ髪が立つってもんだ！」

「宇兵衛さん、そりゃ違う！　天和のあの大火災は、お七火事といわれるように、お七の放った火が原因《もと》で、大惨事《だいさんじ》となったんだからよ」

「またまた、市郎兵衛さんはてんごうを！　天和のあの大火災は近所の寺から出火したとあたしは聞いていますよ。お七はその火事で焼け出され、菩提寺に避難した……。そこで出逢ったのが寺小姓で、二人は相思の仲となった。ところが、八百屋が再建されてお七は寺小姓と引き離されてしまった。それで、寺小姓の元に戻るには、再び、火事で家が焼け落ちなければと思い詰め、お七が火を放ったのですからね。このときの火事は周囲《まわり》にいた者が炎に気づき、すぐに消火したので大事に至らなかった……。だから、皆さんは浮世草子や芝居に惑《まど》わされているのですよ！」

名主が訳知り顔に言う。

「では、お七は誰も殺していないと？　なんだ、なんだ……。それで、火焙り刑に処《しょ》されたとはよ！」

市郎兵衛が腑《ふ》に落ちないといった言い方をする。

「お上はボヤであっても、火付けには情け容赦がありませんからね。思うに、見せしめのために、敢《あ》えて、火焙り刑に処したのでしょうな」

「名主さん、知ってるかえ？　お上がことさらお七に厳しく当たったのは、お七が八百屋の娘だったからだということを……」

宇兵衛が思惑《おもわく》ありげに、片頬を弛《ゆる》める。

「いや……」

名主は首を振った。

「お七の事件があったときの将軍さまは誰だ？」

「……………」

名主ばかりか、広間にいた全員が顔を見合わせ、一斉《いっせい》に声を上げた。

「五代さま！」

「徳川綱吉《とくがわつなよし》、犬公方《いぬくぼう》さま……」

「えっ、てことは……。あっ、そうか、桂昌院《けいしょういん》は八百屋の娘だったんだよな」

市郎兵衛がポンと膝を打つと、宇兵衛が得意満面にニッと嗤《わら》う。

「そればかりじゃないぜ！　桂昌院の父親は八百屋仁左衛門《にざえもん》。で、お七の父親の名が八百屋市左衛門《いちざえもん》ときた……」

あっと、全員が息を呑んだ。

「なっ、似ているだろう？　それで、幕府は慌てたってわけで、世間が大袈裟《おおげさ》に騒ぎ立てないうちに、さっさとお七を処刑しちまった……」

「ところが、十六の娘が火焙り刑に処されたもんだから、逆に人々の関心を呼ぶことになり、そのうえ、浮世草子や芝居に取り上げられたもんだから、一気に有名になっちまった……」

「おいおい、それじゃ、藪蛇《やぶへび》もいいところ……。却《かえ》って、世間から注目されちまったんだもんな」

「そう、手盛《てもり》を食ったのも同然！　けどよ、いずれにしても、女ごは怖《こえ》ェな！」

「ああ、まったくだ」

「ところで、茂兵衛さんはどうしました？　厠に立ったきり、戻って来ませんが……」

名主が怪訝そうに広間の入口を窺《うかが》う。

「誰か様子を見てきてはどうですか？」

市郎兵衛が番頭に目まじすると、入り側にいたおきちがつと立ち上がった。

「あたしが見てきます」

正《まさ》な話、おきちは聞くとはなしに耳に入った八百屋お七と、今日、鈴ヶ森で処刑された女ごのことで胸が一杯になっていたので、席を外す機会を窺っていたのである。

おきちはおうめに目まじすると、広間を後にした。

茂兵衛は厠の手水鉢《ちょうずばち》の傍で蹲《うずくま》っていた。

血の気《け》のない青ざめた顔をして、背中を顫《ふる》わせている。

おきちが寄って行くと、茂兵衛は辛そうに顔を上げた。

「大丈夫ですか？」

「どうやら、飲み過ぎたようだ」

そう言うと、ウッと口に手を当て、厠に引き返そうとする。

駄目だ、もう間に合わない……。

咄嗟に判断したおきちが、前垂れを広げて茂兵衛の吐逆物《とぎゃくぶつ》を受け止めようとする。

その刹那《せつな》、吐逆物は前垂れの中に吸い込まれていった。

「済まない……。厠で粗方《あらかた》吐《は》いてしまったので、もう胃には何も残っていないと思っていたのだが……」

茂兵衛が申し訳なさそうに、おきちを見る。

おきちは片手で前垂れを外すと、汚物《おぶつ》が洩《も》れないように前垂れを丸め、茂兵衛に微笑《ほほえ》みかけた。

「いいんですよ。あたし、これを片づけてから白湯《さゆ》を持って来ますんで、ここで待っていて下さいな」

そう言うと、茂兵衛は決まり悪そうな顔をして、済まないね、勧められるままに盃を受けちまって、些《いささ》か度が過ぎてしまったようだ、と苦笑《にがわら》いをした。

おきちは井戸端で前垂れを簡単に水洗いすると、改めて洗濯をすることにして手桶《ておけ》に浸け、板場脇の配膳室に入って行った。

ここには燗場もあれば、客に茶を出すための湯も常備してある。

おきちは湯呑に白湯を注ぐと、ひとつかみ塩を溶《と》かし、盆にお絞《しぼ》りと湯呑を載せて引き返した。

茂兵衛は廊下に蹲っていた。

「お待たせしました。お絞りをお持ちしましたので、これでさっぱりとして下さい。それから、これをお飲みになって……」

茂兵衛はとろんとした眠そうな目を上げた。

「ああ、済まない。おまえ、名前はなんだったたっけ……」

そう言い、お絞りを受け取ると、口の周《まわ》りや手を拭《ぬぐ》った。

「おきちです」

「おきちか……。そうか、おきち、世話になったたな」

「世話なんて……。少しは気分が楽になりましたか？」

「ああ、随分《ずいぶん》と楽になった。だが、ああ、なんてこと……。初めて立場茶屋おりきに来たというのに、こんな醜態《しゅうたい》を見せちまったんだもんな。せっかくの板頭《いたがしら》の料理も、これでは台なしだ！　面目《めんぼく》なくって、合わせる顔がないよ」

「緊張なさったんですよ。筏宿の主人《あるじ》となられて、親子ほど歳の違う他の方々と対等に付き合わなきゃならないんですもの、あたしにはとても出来ないこと……。茂兵衛さま、お偉いですわ」

「ふふっ、そんなふうに言ってくれるのは、おきちだけだよ。本当に有難《ありがと》うよ」

茂兵衛はおきちを瞠めた。

「可愛い顔をしてるんだね。幾つだっけ？」

「十七です」

「十七か……。いいなあ……。その年頃って、どんな夢でも持てるんだもんな。おきちの夢は？」

茂兵衛に瞠められ、おきちは狼狽えた。

「夢なんて……」

「何か一つくらいあるだろ？　そうか、名主さんが言ってたっけ……。おきちは女将さんの養女なんだね。だったら、いずれは立場茶屋おりきの女将だ。現在《いま》の女将よりも更に立派な女将になるとか、夢はいくらでも持てる。その点、あたしの夢は尽きた……。学者になるのが夢だったが、結句、こうして筏宿の跡《あと》を継いじまったんだからよ」

「だったら、茂兵衛さんのこれからの夢を、先代より更に立派な筏宿の主人《あるじ》になることに直せばいいじゃないですか」

おきちがそう言うと、茂兵衛は一瞬、ほんとした顔をしたが、何がおかしいのか、ぷっと噴き出した。

「いやァ、おきちって実に面白い娘《こ》だね！　先代より更に立派な筏宿の主人《あるじ》になるのを夢とせよとは……。だが、言われてみれば、その通り！　筏宿の主人《あるじ》であっても、しようと思えば、いくらでも学問は出来るのだからよ。いやァ、おきちと話せて良かった！　してみると、飲み過ぎて失態《しったい》を冒《おか》したのも、まんざら徒《あだ》ではなかったってわけか……」

茂兵衛の顔には血の気が戻っていた。

「やっ、拙《まず》い！　あんまり長く中座《ちゅうざ》をしては皆に怪《あや》しまれる……」

茂兵衛は立ち上がると、おっと、おきちの襟元《えりもと》に目を留めた。

「これは済まないことをした……。汚物でおきちの着物を汚してしまったようだ」

おきちも慌てて襟元へと目をやった。

が、鏡に映《うつ》さなければ、おきちの目では捉《とら》えられない。

「着替えますんで、気になさらないで下さい」

「そうかい。本当に済まなかったね。きっと、この礼はするからね」

「礼なんていいんですよ。さっ、早く、広間にお戻り下さい」

茂兵衛は改まったようにおきちに目を据えると、有難うね、と目まじして広間に戻って行った。

その背を、おきちは茫然《ぼうぜん》と見送った。

なんて涼やかな目をした男《ひと》なんだろう……。

可愛い顔をしてるんだね……。

茂兵衛の言葉が甦《よみがえ》る。

おきちの胸がきやりと揺れた。

なんだろう、この息苦しさ……。

痛いような、息が出来ないような……。

おきちの胸に、茂兵衛の面影《おもかげ》がすっと影を落とした瞬間であった。

松風の間の用を済ませると、おりきは再び帳場に戻った。

幾千代は鰹《かつお》の手捏《てこ》ね寿司《ずし》を頬張《ほおば》っていた。

蝶脚膳《ちょうあしぜん》の上には、手捏ね寿司の他に、椀物に香の物……。

椀物は、どうやらもずく汁のようである。

「お先に頂《いただ》いているよ。まあ、巳之《みの》さんて、なんて凄腕《すごうで》なんだろう！　大番頭が板場に何か作ってくれと頼んでから、ものの四半刻《しはんとき》（三十分）もしないうちに、鰹の手捏ね寿司ともずく汁が出てきたんだもんね。脂《あぶら》が乗っていて、下り鰹のなんと美味いこと！　しかも、寿司飯と鰹の間にもみ海苔や錦糸《きんし》玉子《たまご》、刻《きざ》んだ大葉紫蘇《おおばじそ》が挟んであるものだから、なんともいえない風味合でさ！　それに、このもずく汁……。味噌汁《みそしる》にもずくが入っているだけじゃないんだよ。風干《かざぼ》しにした鱚《きす》の切身《きりみ》が入っていて、どろりとした中に鱚の歯応《はごた》え、そして、三つ葉の香り……。ああ、あちしはこれが食べれただけでも、今宵、ここに寄った甲斐《かい》があったよ！」

幾千代は茶目っ気たっぷりに肩を竦め、箸《はし》を置こうとした。

「どうぞ、そのまま上がって下さいな。今、お茶を淹れますので……」

「おりきさんは食べないのかえ？」

「わたくしにはまだ仕事が残っていますので、旅籠衆《はたごし》が夜食を食べる頃に、軽いものを頂くことにしていますのよ」

「へえェ、寝しなに食べるんじゃ、身体に障《さわ》るだろうに……」

「ええ、ですから、胃にもたれない軽めの夜食です。けれども、朝餉《あさげ》や中食はしっかり食べますのよ。こんな商いをしていますと、それも致し方のないこと……。当初は戸惑いましたが、もう、身体がすっかり慣れてしまいましてね。さっ、お茶が入りましたよ。どうぞ！」

おりきが猫板《ねこいた》の上に、焙《ほう》じ茶の入った湯呑を置く。

幾千代は手捏ね寿司を食べ終えると、満足そうに焙じ茶を啜《すす》った。

「なんだか、腹がくちくなったら、お陸のことはもういいかなんて思っちまうが、そうはいかない。そのために来たんだからさ」

「そうですよ。わたくしも早く聞きたくてうずうずしているのですよ。けれども、暫くすると、各部屋にお薄を点《た》てに参りますので、再び、中座することになりますが、宜《よろ》しいかしら？」

「ああ、構わないよ。ここに来る前に幾富士の顔は見てきたし、あとは猟師町に帰って寝るだけなんだからさ」

幾千代は湯吞を猫板に戻すと、改まったようにおりきを見た。

「実はさ、あちし、お陸の遺体を海蔵寺まで運び、投込塚の傍の空き地に埋葬してきたんだよ」

あっと、おりきは息を吞んだ。

「それがさ、刑場の番人から、今日、若い女ごが火焙りにされると小耳に挟んだものだからさ……。そいつはあちしとお陸の関係なんて知りやしない。ただ、常から、あいつらには小遣い銭を渡しているもんだから、何か変わったことがあると、わざわざ知らせてくるんだよ。鈴ヶ森でも、若い女ごの火焙り刑なんて久し振りのことだからね。それで、あちしにも興味があるだろうと思って知らせてくれたんだが、処刑される女ごの名前をお陸と聞いて、何故かしら、妙に胸騒《むなさわ》ぎがしてさ……。それで、もう少し詳《くわ》しく調べてくれないかと頼んだのさ。そしたら、女ごの歳は二十二、深川佐賀町の水茶屋で茶汲女をしているときに客の男と懇《ねんご》ろになり、女ごはいつか女房にしてくれるという男の言葉を信じていたが、突然、別れ話を切り出された……。男の女房に赤児《やや》が出来たというのが理由というが、酷《ひど》い話じゃないか！　女ごは女房を選んだ男がどうしても許せなかった……。それで、恨《うら》みを晴らそうと男の家に火を放ち、男ばかりか女房、子、使用人を含めて五人も殺してしまったというじゃないか……」

幾千代が辛そうに溜息を吐く。

「けど、その話を聞いたときは、まだその女ごとおぬいが産んだお陸とが結びつかなくてさ。それで、女ごの出自《しゅつじ》を調べてくれないかと頼んだんだよ。勿論、袖の下を使ったさ。そしたら、昨日になって知らせが入ってさ……。それによると、なんと、お陸は寺嶋村の百姓の娘だというじゃないか！　幼い頃にはほどほどの暮らしをしていたが、お陸が十二のときに双親《ふたおや》を相次《あいつ》いで亡くしちまってね。跡を継ぐべきお陸がまだ幼少という理由で、親戚一家が寺嶋村の家や田畑を管理するようになったというじゃないか。そうなると、親戚一家にとって、お陸は目の上の瘤《こぶ》……。お陸が居辛《いづら》くなるように、あの手この手で苛《いじ》め抜いたんだとさ。可哀相《かわいそう》に、お陸は十五のときに寺嶋村を飛び出した……。佐賀町の水茶屋で茶汲女をするようになったのは、十八のときからだとさ」

幾千代はそこで言葉を切ると、おりきを瞠めた。

辛くて堪らないといった、面差しだが、意を決したように続けた。

「そんなときに、饅頭屋の吉左に出逢ったんだろうよ。恐らく、お陸は吉左の中に可愛がってくれた養父の面影を見たんだと思うよ。それが、いつしか、男と女ごの情愛に変わっていき、気づくと、鰯煮た鍋となっていた……。肉親の情に飢《う》えていたお陸は、今度こそ、幸せを摑《つか》もうと躍起《やっき》になったのに違いないんだ！　ところが、優柔不断なのは、吉左だよ。お陸の前では女房のことを悪し様《あざま》に言い、離縁して必ずおまえを女房にすると約束しておきながら、女房が子を身籠もったと知るや、今度は、お陸に身を退いてくれと迫ったんだからさ……。あちし、そこまで聞いて、その女ごはおぬいの娘に違いないと確信したよ。それで、改めて、刑場役人に賄《まいない》を摑ませ、あちしが引き取るので、遺体を十把一絡げに廃棄《はいき》しないでくれと頼み込んでさ。地獄の沙汰《さた》も金次第……。役人が処刑前にあちしをお陸に逢わせてくれてね」

「まあ、お逢いになったのですか……。では、お陸さんの生みの親と幾千代さんが親しくしていたことや、六歳の頃に一度逢ったことなどをお話しになったのですね？」

おりきはひと膝前に躙《にじ》り寄るが、ハッと廊下に目をやると、困《こう》じ果てたような顔をした。

「申し訳ありません。そろそろ、客室に参りませんと……」

「ああ、いいよ。行っといで！　あちしが待ってると思って、焦《あせ》ることはないんだよ。いつも通りにやっておくれ」

幾千代が快い返事を返す。

おりきは後《うし》ろ髪を引かれるような想いで、客室へと向かった。


広間の客がそれぞれ四ツ手（駕籠《かご》）に乗って去って行くのを見届けると、おりきは帳場へと引き返した。

筏宿の寄合が立場茶屋おりきで開かれるのは、筏流しの始まるこの時季だけだが、どうやら、今宵も満足してもらえたようである。

「やあ、女将、馳走《ちそう》になりましたな。いつ来ても、立場茶屋おりきの料理や気扱《きあつかい》には胸を打たれるが、今宵も大満足でしたよ」

「もっと再々《さいさい》来ればよいのだろうが、筏流しが始まると応接に暇《いとま》がなくて、とても門前町まで脚を伸ばすことが出来なくてね」

「ああ、まったくだ。何しろ、年に一度しか女将の顔が見られないんだからよ。これじゃ、季節外れの七夕《たなばた》さまだ！」

「では、来年もまた宜しく頼みますよ」

そんなふうに、筏宿の主人《あるじ》たちが悦《よろこ》んでくれる言葉がおりきの糧《かて》となり、新《あら》たなる勇気を与えてくれるのだった。

その中でも、茂兵衛の言った言葉が、ことさら、おりきの耳底に残っていた。

「おきちさんには世話になりました。女将、よい後継者をお持ちですね」

そう耳許で囁かれたとき、おりきには茂兵衛の言葉の意味が解らず、おきちは一体何を世話したというのだろう、と思った。

が、それは茂兵衛が四ツ手に乗り込む寸前のことで、おりきは意味が解らないまま、有難うございます、と答えた。

茂兵衛さまは一体何をお言いになりたかったのだろう……。

おりきは首を傾げながらも、帳場へと急いだ。

幾千代は猫板に突っ伏し、転《うた》た寝をしていたが、障子の開く音にハッと顔を上げた。

「嫌だ、あちしったら……」

「お疲れになっているようですね」

「夕べ、まんじりともしなかったからね」

「無理もありませんわ。おぬいさんの娘ごが今日処刑されると解っていたのですもの」

「あちしもさ、これまで数え切れないほど罪人に立酒を飲ませてきたが、半蔵は別として、今日ほど辛かったことはないからさ」

おりきがお茶っ葉を取り替えながら、夜分なので焙じ茶でいいかしら？　と訊ねる。

「済まないね。それより、おまえさん、夜食は？　あちしに構わずに食べておくれ」

「ええ、もうすぐ、おうめが何か運んで来るでしょう。大番頭さんもここで頂きますが、宜しいかしら？」

「ああ、大番頭にも聞いてもらいたいと思っていたから構わないよ」

そこに、達吉が入って来て、計ったように、おうめがおりきたちの夜食を運んで来た。

今宵の夜食は、韮雑炊《にらぞうすい》である。

客に出した刺身のアラで出汁を採《と》り、刻み椎茸《しいたけ》と韮を入れて卵でとじてあるだけだが、アラから魚の旨味が出て、深みのある味に仕上がっていた。

「美味そうだね」

幾千代が達吉の椀をちらりと横目に見る。

「幾千代さんも召し上がりますか？」

「滅相《めっそう》もない！　あちしは鰹の手捏ね寿司で腹中満々《ふくちゅうまんまん》……。旅籠衆もこれから夜食なんだろ？」

「あいつら、若《わけ》ェから、もう少し腹の足しになるものを食ってるだろうがよ」

達吉がお香々《こうこ》を齧《かじ》りながら言う。

「若いったって、おうめはもういい歳じゃないか」

「それがよ、胃袋《いぶくろ》だけは若《わけ》ェもんに負けねえときた！　その点じゃ、とめ婆《ばあ》さんも決して負けちゃいねえがよ」

「いいじゃないか、それだけ息災ってことなんだからさ！」

幾千代は焙じ茶を飲み終えると、食べながら聞いておくれ、と改まったように話し始めた。

「あちしさ、夕べはまんじりともしなかっただろ？　それで、空が白むと同時におたけを叩《たた》き起こして、弁当を作らせてさ。おたけが作る弁当だから大したもんじゃないんだが、お陸の養父母が生きていたらきっと食べさせただろうと思えるお袋の味を、最期に食べさせてやりたくてさ……。おたけが玉子焼きを焼いたり鮭《さけ》を焼いたり、あちしが慣れない手つきで握り飯を握ってさ。そうして、木戸が開くと鈴ヶ森へと急いだのさ。番人には前もって言ってあったんで、刑場の裏口から入れてくれてさ」

「姐さんのことだ、たんまりと袖の下を使ったんでしょうな」

雑炊を食べ終えた達吉が、茶を啜りながら幾千代を窺う。

「ああ、使ったさ。金はそういうときのためにあるんだからさ」

「それで、お陸は姐さんのことが判りやしたか？」

「いや、六歳の時に一度逢ったきりだもの、判るわけがない……。けどさ、あちしが生みの親のことを話してやると、涙をぽろぽろ流してさ。弁当も悦んでくれたよ。玉子焼きを食べてはおっかさんの味だと感激し、握り飯の中におかかが入っているのに気づくと、おかかの入った握り飯は吉左の大好物なのだと涙を流してさ……。あちしが吉左を恨んでるのじゃないのかえって訊くと、自分は一刻も早く吉左の元に行きたいのだと言ってさ……。けど、あの娘《こ》が言うのさ。吉左の元に行きたいと願っても、無理なんだろうね、あの男《ひと》の傍にはかみさんや子がいるし、あの世にいっても、あたしは余所者《よそもの》なんだ……、それに、あたしは火付けをして五人も殺《あや》めたんだもの、きっと地獄に落ちてしまうんだろうねって……。あちし、思わずお陸の身体を抱き締め、大丈夫、地獄なんてありゃしないんだ、仮にあったとしても、念仏《ねんぶつ》を唱《とな》えていれば必ずや救われる、あちしもおまえのために祈るからさって言ってやったんだよ。そしたらさ、何を錯覚したのか、あの娘《こ》、あちしの胸に縋《すが》り、おっかさん、おっかさんって泣くんだよ。不憫でさァ……。生まれ落ちたそのときから他人の手で育てられ、養父母には可愛がられたかもしれないが、その後は、肩身《かたみ》の狭い想いをしながら転々と渡り歩いてきたんだもんね。そのお陸が、常並《つねなみ》に女ごの幸せを摑みたいと思って、どこが悪かろう……。確かに、火付けは大罪だ。しかも、五人もの生命《いのち》を奪ってしまったんだからね。けどさ、お陸をそこまで追い込み錯乱させたのは、吉左であるし、世間なんだ！　そう、このあちしも含めてさ……。あちしがお陸のことをもっと気にかけていてやれば、少なくとも、こんなことにはならなかったのじゃないかと……」

幾千代が堪えきれずに、袂《たもと》で顔を覆《おお》い、噎《むせ》び泣く。

「それで、お陸さんの遺体を引き取り、海蔵寺の投込塚の傍に埋葬されたのですね」

おりきがそう言うと、幾千代がお陸の遺体を引き取ったことを知らない達吉が、ええっと大声を上げる。

「遺体を引き取ったって……。海蔵寺に埋葬したって？　あっ、それで、夜分になるまで姐さんの姿が見えなかったのかよ」

「夜分でなきゃ、遺体を運び出すことが出来ないじゃないか。何しろ、処刑場の久助《きゆうすけ》（下男）の手を借りなきゃ何も出来ないんだからさ……。けど、黒こげになった遺体を菰《こも》でくるんで荷車で海蔵寺まで運んでくれ、墓穴《はかあな》まで掘ってくれたんだから、それはよくやってくれたよ。海蔵寺の住持《じゆうじ》にも話を通していたもんだから、位牌《いはい》まで作ってくれてさ。これで、あちしの元には位牌が二つ……。半蔵のとお陸のがさ。二人とも鈴ヶ森で散っちまったけど、その二人を弔うのが、あちしの宿命《さだめ》だと思ってさ。これからも、海蔵寺詣りは続けるつもりだよ」

「幾千代さんの気持がよく解ります。きっと、わたくしも幾千代さんと同じことをしたと思いますわ」

「けどさ、あちしがお陸の遺体を引き取ったことは、ここだけの秘密にしてもらえないかえ? あちしがしたことは掟破《おきてやぶ》りなんだし、刑場役人や番人、久助までが手を貸したことが公《おおやけ》になれば、あいつらに迷惑がかかるからね。勿論、亀蔵親分にも内緒だよ!」

幾千代が気を兼ねたように、上目におりきを窺う。

「内緒にしておきたいのなら、何故、おまえたちに話すのかと思うだろうが、何もかもをあちし一人の胸に秘《ひ》めておくのが辛くてね。せめて、おりきさんにだけは打ち明けたかったんだ……。後先考えずに、夢中でここまで突っ走っちまったが、本当にこれで良かったのかと迷う気持もあってさ。ねっ、おりきさん、言っておくれ! あちしのしたことは間違っちゃいないんだよね?」

幾千代が縋るような目で、おりきを瞠める。

「ええ、間違っていませんよ。わたくしでもそうしたと思います」

幾千代は眉《まゆ》を開き、ふうと息を吐いた。

「ああ、良かった！　これで安堵したよ。それでさ、もう一つ訊きたいんだけど、実は、投込塚の傍にお陸を埋葬したんだけど、まだ墓標《ぼひょう》を立てていないんだよ。海蔵寺の住持にどうするのかと訊ねられたんだけど、此度のことを世間が八百屋お七の再来と騒ぎ、品川中に知れ渡っちまっただろう？　それなのに、わざわざ、あそこにお陸が眠っていると知らせたのでは、ますます騒ぎが大きくなると思ってさ」

「そりゃ、姐さんの言うとおりでェ。墓標を立てたからには、何も書かねえわけにはいかねえからよ」

達吉が腕組みをする。

「それで、現在はどうしているのですか？」

「現在《いま》は、目印《めじるし》に石を置いてるんだけどさ」

「それだと、ただの石に思われ、いつ放下《ほか》されるかもしれませんね。やはり、人の墓であることを知らせなければ……。先ほど、位牌を作ったと言いましたよね？　位牌に戒名《かいみょう》は？　そうですか、俗名《ぞくみょう》なのですね。では、小さくてもよいので、墓碑《ぼひ》を建てて差し上げるといいですよ。ご住持に頼み、戒名をつけてもらうのですよ。戒名なら、それがお陸さんかどうか、他の人には判りませんからね」

おりきがそう言うと、達吉も膝を打った。

「そいつァいいや！　海蔵寺の住持も姐さんの頼みなら、嫌だと言わねえだろうから よ」

「あっ、そうか！　位牌を作るときに、住持が名をどうするかと訊ねたのは、そのことだったんだ……。あちしはそこまで気が廻らなかったもんだから、お陸でいいよって答えたんだけど、ああ、そういう意味だったんだね」

幾千代が目から鱗《うろこ》が落ちたといった顔をする。

「幾千代さんのことですから、墓地を確保するにあたり、ご住持に謝礼を払われたのでしょう？　ご住持はそれを過分に思われたから、そのように言われたのだと思いますよ」

幾千代は照れ臭そうに笑みを見せた。

「あちしって、なんて藤四郎《とうしろう》なんだろう！　とにかく、人目《ひとめ》を盗んでのことだったから さ。住持が何を言っているのか、気もそぞろで……。ふふっ、莫迦《ばか》だね、あちしって！　明日、改めて、海蔵寺を訪ねてみるよ。けど……」

まだ何か気懸《きが》かりなことでもあるのか、幾千代がおりきに目を据える。

「今思いだしたんだけど、墓碑って、表面に戒名が刻まれているけど、裏面か横に、俗名や没年月日《ぼつねんがっぴ》、建立した人の名が刻まれているだろ？　俗名のところにお陸の名が刻まれ、建立したのがあちしじゃ、やっぱり、暴露《ばれ》ちまうじゃないか」

ああ……、とおりきも頷く。

「それもそうですわね。では、こうなさったらどうでしょう。俗名は平仮名で、おろく……。または、おぬいの娘。建立者は幾千代さんの名で構わないのではないかしら？　要《よう》は、幾千代さんに判ればよいことなのですもの」

「そうか、その手があったんだね。有難うよ！　これで、胸の支《つか》えが下りたような気がするよ」

達吉がしみじみとしたように言う。

「長《なげ》ェ一日だったよな……」

「本当にそうですね。けれども、どんなに嘆《なげ》いても、お陸さんはもう戻って来ないのですもの、冥福《めいふく》を祈るしかありませんね」

「ああ、そうするよ。すっかり長居《ながい》をしちまったね。そろそろお暇《いとま》するよ」

幾千代が早道《はやみち》（小銭入れ）を取り出そうとする。

おりきは首を振った。

「駄目ですよ、幾千代さん！　今宵の夜食はまだ先日の弁当代の中に入っていますのよ」

「そうかえ、悪いね……。じゃ、馳走《ごち》になるよ」

「おっ、そりゃそうと、幾富士がそろそろ診療所から帰《けえ》ってくる頃じゃねえのかよ」

達吉が訊ねると、幾千代は首を竦めた。

「本当は、今日、猟師町に戻ることになってたんだけど、お陸の処刑と重なっちまっただろ？　それで、素庵さまに頼んで、一日延ばしてもらったのさ」

「では、明日？」

おりきがそう言うと、幾千代はようやく翳《かげ》りのない笑顔を見せた。

「皆にも永《なが》いこと世話をかけちまったね。改めて礼に来るつもりだけど、巳之さんにあちしが礼を言っていたと伝えておくれ。おりきさん、大番頭さん、本当に済まなかったね。有難う」

幾千代が深々と頭を下げる。

「そいつァ、目出度《めで》ェや！　辛《つれ》ェこともあろうが、こうして嬉《うれ》しいこともあるんだからよ。おっ、幾千代、夜道は物騒《ぶっそう》だからよ、気をつけて帰《けえ》れや！」

「ヘン、夜道が怖くて芸者がやってられるか！　それとも、達つァん、送ってくれるかえ?」

幾千代は冗談口で言ったのであろうが、達吉はまともに受けた。

「おっ、それがいいや!　この時刻じゃ、客待ちの四ツ手もいねえからよ。たまには幾千代姐さんと道行《みちゆき》するのもいいかもしれねえ……」

達吉がおりきをちらと窺う。

「それがいいですわ。達吉、では、頼みましたよ」

幾千代は慌てた。

「なんだよ、なんだよ……。てんごうを言っただけなのに、真《ま》に受けちまってさ!」

が、そう言った幾千代の顔は、実に嬉しそうであった。


「そうけえ、やっぱ、幾千代は刑場にいたんだな。そりゃそうだろうて……。若ェ女《わけ》ごが火焙り刑に処されるってェのに、あの幾千代が知らんぷりをするわけがねえ!　けど、なんで気づかなかったんだろう……。あの人立じゃ見つけられなくても当然だとはいうものの、掃《は》き溜《だ》めに鶴《つる》といってもいい幾千代だぜ?　どこにいたって、人目につきそうなもんじゃねえか……」

亀蔵が訝しそうに首を傾げる。

「ええ、ですからね、処刑が始まる一刻《いっとき》（二時間）も前に鈴ヶ森を訪ね、番人に弁当と立酒をお陸さんに渡してくれと託《ことづ》けられたそうですの。とても処刑に立ち会う気分になれなかったのでしょうね。若い身空《みそら》で火焙りになるのですもの、酷《むご》くて、見ていられなかった気持は、わたくしにもよく解ります」

おりきは亀蔵に茶を勧めると、平然とした顔で嘘を吐いた。

幾千代に頼まれたからというだけでなく、おりきも亀蔵には本当のことを告げないほうがよいと判断したのである。

幾千代と亀蔵は水魚《すいぎょ》の交《まじ》わりをしているが、なんといっても、亀蔵はお上の下に就《つ》く岡っ引き……。

知っているのに知らない振りをしろと亀蔵に言うのは、土台、無理な話であった。

「そりゃそうよ……。幾千代がいかに鉄火《てっか》で俠《きゃん》だといっても、女ごには違《ちげ》ェねえもんな。磔も酷《むげ》ェが、生きたまま火に焙られることほど酷《むげ》ェことはねえからよ。けどよ、俺ャ、立場上、最後まで見届けなくちゃならなかったんだが、あの女ごは辛抱《しんぼう》強くてよ。大声を上げて喚《わめ》くかと思っていたのに、火焙り台の上で足掻《あが》こうともしなくてよ……。後で、火焙り台の傍にいた処刑人から聞いたんだが、なんと、お陸は念仏を唱えていたというのよ。念仏を唱えることで気を紛《まぎ》らわせてたんだろうが、なかなか出来ることじゃねえぜ……。お陸って女ごは腹が据わってるぜ！　莫迦なことさえしなけりゃ、案外、大物になっていたかもしれねえと思うと、余計《よけい》こそ、切なくてよ……」

「まあ、お陸さんが念仏を……」

お陸は幾千代の言葉に従ったのである。

大丈夫、地獄なんてありゃしないんだ、仮にあったとしても、念仏を唱えていれば必ずや救われる……。

それは、幾千代が気安めに言った言葉であった。

が、お陸は地獄に落ちたのではあの世で恋しい吉左に逢えなくなると思い、熱さや辛さをものともせずに、懸命《けんめい》に念仏を唱えたのであろう。

おりきが袖で目頭《めがしら》を押さえる。

「そうよのっ。誰が考えても、辛《つれ》ェ話よのっ」

何も知らない亀蔵は、おりきの涙に誘《さそ》われ、しんみりとした口調で言った。

そのとき、障子の外から声がかかった。

「女将さん、宜しいですか？」

おうめの声である。

「構いません。お入りなさい」

おうめはするりと障子を開けると、亀蔵がいるのに気づき、驚いたような顔をした。

「まあ、親分、お越《こ》しでしたか……。では、出直しましょうか」

「おっ、俺がいちゃ拙いってことかよ？」

おうめは戸惑ったように俯《うつむ》いた。

「いえ、そういうわけでは……」

「だったら、言えばいいじゃねえか。俺ャ、おりきさんにとっちゃ身内も同然……。」

少々のことには動じねえし、場合によっては相談に乗るからよ」

「おうめ、親分もああ言って下さるのです。中途半端では、却って、不審《ふしん》に思われますよ」

おうめはおりきに促され、前垂れの下に隠し持った、布切《ぬのき》れを取り出した。

なんと、立場茶屋おりきと染め抜きされた、前垂れである。

しかも、濡れているではないか……。

「これが、どうかしましたか？」

「今朝、井戸端の手桶に浸かっているのを、とめ婆さんが見つけましてね。ざっと水洗いしてあるようですが、そこは齢《よわい》を重《かさ》ねたとめ婆さんのこと、すぐに前垂れの異臭に気づきましてね。吐瀉物の臭《にお》いに違いないと言うんですよ。それで、あたしに誰が手桶に浸けたのか心当たりはないかと訊ねてきましてね」

おうめが弱り切ったように、おりきを窺う。

「それで、おうめに心当たりはないのですか？」

「ええ、ないこともないんですがね」

「どうしました？　はっきりとお言いなさい」

「おきちじゃないかと……。いえ、おきちなんですよ」

「おきちが？　おきちが吐いたというのですか！」

おりきが驚いたように目を瞬く。

「いえ、吐いたのはおきちではなく、恐らく、筏宿の茂兵衛さんではないかと……。というのも、昨夜、三の膳が出る少し前から茂兵衛さんが厠に立ったきり、戻って来なくなりましてね。それで、おきちが様子を見に行ったんですが、今度は、おきちまでがミイラ取りがミイラになったみたいに帰って来なくなって……。茂兵衛さんが広間に戻って来たのは、皆さんが三の膳の鯛茶漬に箸をつけられた頃で、おきちに至っては、皆さんがすべて食べ終えられた頃に、やっと戻って来たんですからね。それで、あたしが思うには、気分が悪くなった茂兵衛さんをおきちが介抱《かいほう》しようとして、前垂前垂れを汚してしまったのではないかと……。それで、おきちは咄嗟に汚れた前垂れを取り敢えず水洗いして、後から洗濯しようと手桶に浸けた……。ところが、広間の片づけに追われているうちに、前垂れのことをころりと忘れてしまったのではないでしょうか」

「おうめがそう思うのであれば、おきちに質せば済む話ではないですか」

「質しましたよ。けど、あの娘《こ》、知らない、自分の前垂れではないと言い張って……。茂兵衛さんのことも、少し気分が悪くなられただけで、吐いてはいないと言いましてね」

「おきちが広間に戻って来たとき、前垂れはしていたのでしょうか」

「していました。けど、それは予備の前垂れで、あたしたちは皆、三枚は持っていますからね。でもね、女将さん、おきちが万八《まんぱち》(嘘)を言っているのは目に見えてるんですよ。あれから厠を調べてみましたが、吐いた形跡《けいせき》はどこにもなく、綺麗《きれい》に拭《ふ》き浄《きよ》められていましたからね。綺麗すぎるほど綺麗なんですよ。だから、茂兵衛さんが広間に戻られた後、おきちが掃除したのに違いありません」

亀蔵がにたりと嗤い、槍《やり》を入れてくる。

「おうめよ、それのどこが悪《わり》ィというのよ！　おきちは客に恥をかかせまいと、懸命に尻拭《しりぬぐ》いをしたんだ。寧ろ、褒《ほ》めてやってもいい話じゃねえか」

「いいえ、あたしはおきちを責めてるんじゃないんです！　親分が言われるように、大騒ぎをせずに、よく一人で対処《たいしょ》したねと褒めてやりたいんですよ。ところが、あの娘《こ》ったら、飽《あ》くまでも隠し通そうとするんですからね……。あたしはそんなおきちを見て、どこかしら、不安を覚えましてね」

「不安を覚えたとは？」

おりきが訝しそうな顔をする。

「広間に戻って来てからの、おきちの様子が妙なんですよ。何を訊ねても上《うわ》の空で、心ここにあらず……。しかも、おきちの目は茂兵衛さんにひたと注がれていて、宴が終わって皆さんがお帰りになるときなど、もう帰るのかって顔をしていましたからね」

おりきの胸がきやりと揺れた。

ああ……、おきちは恋をしてしまったのだ。

おりきにも経験があれば、おうめにも亀蔵にでさえあったであろう、淡《あわ》い初恋……。

早速《さっそく》、亀蔵がひょっくら返す。

「へっ、おきちにも春が来たってことよ！　いいじゃねえか、おぼこだと思っていたおきちが恋をする年頃になったってことなんだからよ」

おうめはムッとしたように、亀蔵を睨んだ。

「親分、ひょうらかさないで下さいよ！　おきちの初恋、ああ、大いに結構！　けどね、相手が悪い……。筏宿の茂兵衛さんですからね！」

すると、亀蔵がぎょっと身を硬くした。

「ちょ、ちょい待て！　おめえ、今、筏宿の茂兵衛と言ったな？」

「ええ、言いましたよ。最初《はじめ》から、そう言ってるじゃないですか！」

「いや、客が吐いただの、前垂れだのとしょうもねえ話をしていたもんだからよ。あんまし真剣に聞いちゃいなかったのよ。おめえが言うのは、六郷八幡塚村の茂兵衛だろ？　この春、親父が亡くなり、跡を継いだという学者かぶれの、あの茂兵衛だろ？　あいつァ、駄目だ。ちょいとばかし様子がいいもんだから、どこに行っても女ごからちやほやされてよ。おまけに、国学だかなんだかにかぶれちまって、頭でっかちでよ！　これまで学問のためと言っちゃ、親父からどれだけ金を毟《むし》り取ったか……。第《でえ》一《いち》、あの男には女房がいるからよ。それも、歩行新宿《かちしんじゅく》で飯盛女《めしもりおんな》をしていた女ごで、何を血迷《ちまよ》ったか、一時期とち狂っちまってよ！　死んだ親父がこれ以上女ごに入れ揚げられては敵《かな》わねえと、慌てて女ごを身請《みう》けして息子の女房に宛《あて》がった……。六郷じゃ有名な話なんだが、なんだ、宴席でそんな話は出なかったのかよ」

亀蔵がおうめを睨《ね》めつける。

「出ませんよ。茂兵衛さんはあの人たちにとっては身内も同然……。庇《かば》い合うことはあっても、身内の恥をさらすようなことはしませんからね。けど、あたしもあの男《ひと》の艶聞《えんぶん》の数々を耳にしてましたからね。だから、たとえ淡い恋心にせよ、一刻も早く、おきちの目を醒《さ》ましてやらなきゃ……。それで、どうしたものかと女将さんに相談したわけなんですよ」

おりきは暫し考えていたが、つと、顔を上げた。

「解りました。一度、おきちと話してみましょう。ただね、多感《たかん》な年頃でもあるし、初恋は誰しも通る道……。人を恋《こ》うその気持は無下《むげ》に出来ませんからね」

「まっ、それとなく、相手を見る目を養うようにと諭《さと》してやることだな。あの年頃は、往々《おうおう》に年上の男に憧《あこが》れるもんでよ。いい例が、昨日火焙り刑になったお陸よ。父娘《おやこ》ほど歳の離れた妻子持ちに惚れたがために墓穴《ぼけつ》を掘り、二十二という若ェ身空で散っていったんだからよ。八百屋お七にしても然《しか》り……」

おりきの顔から、さっと色が失《う》せた。

「親分！」

おうめが慌てて亀蔵を制す。

「例にしたって、ここでお陸や八百屋お七の名を出さなくてもいいじゃないですか！」

「おお、済まねえ……。俺ャ、別におきちがお七やお陸のようになるとは言ってねえ。ただ、歳のかけ離れた男や妻子持ちに惚れても、ろくなことにはならねえと言いたかっただけでよ。おうめ、なんでェ、その目は……。解ったよ。口は禍《わざわい》のもと……。俺ャ、もう何も言わねえからよ」

亀蔵が幼児のように潮垂れる。

おりきの眼窩《がんか》に茂兵衛の端整《たんせい》な顔がゆるりと過《よ》ぎり、おきちの顔に重なった。

じわじわと、不吉な想いが胸を閉ざしていく。

おきちはまだ巣立《すだ》ちしたばかりの、色鳥《いろどり》といってもよいだろう。

小枝から小枝へと渡る色鳥に、枝に止まって小首を傾げる色鳥……。

無垢《むく》で、まだ何色にも染まっていないからこそ、大人の自分たちが正しく導《みちび》いてやらなければならない。

鈴ケ森で散っていった、お七にお陸……。

彼女たちも色鳥であれば、おきちも色鳥。
おきち……。
必ずや、おまえを護《まも》ってみせる……。
おりきはきっと顔を上げた。

夕紅葉《ゆうもみじ》

神無月《かんなづき》(十月)に入ると朝夕めっきりと冷え込むようになり、山々は赤や黄色に粧《よそお》い、まさに現在《いま》が紅葉狩《もみじが》りに絶好のときである。

殊《こと》に、紅葉《もみじ》の名所として名高い海晏寺《かいあんじ》には行楽客が引きも切らずに訪《おとず》れ、その流れがどっと品川宿門前町《しながわしゅくもんぜんちょう》に押しかけて来るとあり、ここ立場茶屋《たてばぢゃや》おりきでも席の温まる暇《ひま》がないほどの忙しさであった。

「およねさん、済みません。ちょっといいですか……」

七番飯台《はんだい》から戻って来たおまきが、困《こう》じ果てたような顔をして、およねに声をかける。

酒を燗《つ》けていたおよねが、ほれ、三番飯台の燗《かん》が上がったよ、と言いながら振り返る。

「なんだい!」

中食時《ちゅうじきどき》を迎え、あまりの怱忙《そうぼう》に気を苛《いら》ったおよねが、甲張《かんば》った声を張り上げる。

おまきは怖《お》じ気《け》づいたのか、上目《うわめ》におよねを窺《うかが》った。

「………」

「だから、なんだえ？　忙しいんだから、さっさと言っとくれ！」

「それが……」

「それが？　それがどうしたって？」

そんなおまきとおよねを後目《しりめ》に、茶立女《ちゃたておんな》たちが次々に客席から戻って来て、板場に注文を通す。

「六番飯台、蟹釜《かにかま》二丁、秋刀魚焼《さんまやき》二丁！」

「五番飯台、刺身盛《さしみもり》一丁、煮奴《にやっこ》二丁、煮染《にしめ》二丁、お銚子《ちょうし》二本！」

「おっ、天麩羅《てんぷら》、上がったぜ！」

板場の中からも声がかかり、配膳口は大わらわである。

おまきは意を決したように、およねに目を据《す》えた。

「七番飯台の客が天麩羅蕎麦《そば》を食べたいって言うんですが……」

およねは呆《あき》れ返ったような顔をした。

「天麩羅蕎麦って……。おまえ、何をてんごう言ってんのさ！　蕎麦を食いたきゃ、彦蕎麦《ひこそば》に行ってもらうんだね」

「ええ、あたしもそう言いました。けど、ここで蕎麦が出来ないのなら、出前を取ってくれって言うんですよ。連れの客がどうしても釜飯《かまめし》を食いてェと言うからここに入ったが、自分は蕎麦を食いてェ、客のために便宜《べんぎ》を図《はか》るのが客商売というものじゃないのかって、逆に、説教をしてくるんですよ。あたしじゃ埒《らち》が明《あ》かなくて、それで、およねさんから断ってもらえないかと……」

おまきが鼠鳴《ねずみな》きするような声で言う。

およねは伸び上がるようにして、七番飯台を窺った。

どう見ても、不人相《ふにんそう》な男である。

片袖《かたそで》を手繰《たく》し上げているところを見ると、ごろん坊か賭場《とば》の走《ばし》りか……。

いずれにしても、他の客への手前、彦蕎麦からここに出前を取るわけにはいかなかった。

「あい、解《わか》ったよ」

およねがおまきに目まじすると、七番飯台へと寄って行く。

「お客さま……」

およねが声をかけると、飯台に頰杖《ほおづえ》を突いて貧乏揺《びんぼうゆ》すりをしていた男が、ぎょっと振り向いた。

「天麩羅蕎麦の出前をとのことですが、申し訳ありませんが、ここに出前を取るわけにはいきませんので、隣の彦蕎麦までご足労《そくろう》願えませんでしょうか」

「なんだって？　だから、さっきのねえさんに言っただろうが！　俺は蕎麦を食いてエが、こいつはここの釜飯を食いてエ……。ここの釜飯は評判なもんだから、海晏寺に来たついでにどうしても食いてエと言うから、蕎麦を食いてエ俺も仕方なくついて入《へえ》ったんだが、考えてみれば、蕎麦屋は隣じゃねえか。何も遠いところから取ってくれと言ってるんじゃねえ、隣だろ？　だったら、友達《だち》と離れ離れにさせねえためにも、ここに天麩羅蕎麦を取ってくれたっていいじゃねえか！　それが気扱《きあつかい》というもんじゃねえのか？　それによ、ほれ、そこの爺《じい》さんが言ってたが、立場茶屋おりきと彦蕎麦は経営が一緒というじゃねえか……。だったら、なおさらだ！　余所《よそ》の見世《みせ》から取れと言ってるのじゃなく、姉妹店から取れと言ってるのだから、文句はねえだろ？」

男は細い目で、じろりとおよねを睨《ね》めつけた。

「ええ、おっしゃるとおり、彦蕎麦は立場茶屋おりきと系列が同じです。ですが、彦蕎麦は独立採算《どくりつさいさん》となっていましてね。先《せん》には、うちのお品書《しながき》の中にも蕎麦がありましたが、彦蕎麦を応援する意味で、現在《いま》では、蕎麦を食べたいお客さまに彦蕎麦まで脚《あし》を運んでもらっているんですよ」

「だから、何遍《なんべん》言ったら解るんでェ！　俺《おり》ヤ、友達《だち》と離れたくねえのよ。おめえもよ、彦蕎麦を応援してェというのなら、出前を取ってくれたっていいじゃねえか」

「ええ、確かにそうなのですが、それをすると、他のお客さまが我も我もと言われ、収拾《しゅうしゅう》のつかないことになりかねません。申し訳ありませんが、悪《あ》しからずご了承《りょうしょう》下さいませ」

およねは毅然《きぜん》とした態度で、頭を下げた。

すると、隣に坐《すわ》った男が、気を兼ねたように不人相な顔をした男の袖《そで》を揺すった。

「もう止《よ》しな！　俺が釜飯を諦《あきら》めるからよ」

「何を言ってやがる！　おめえ、あれほど、ここで釜飯を食うのを愉《たの》しみにしていたくせしてよ……。この次、品川宿に来るのはいつになるか分かんねえんだぜ。と言っても、俺も蕎麦を諦めるわけにゃいかねえがよ」

およねはふっと頬《ほお》を弛《ゆる》めた。

男たちが因縁《いんねん》をふっかけようとしているのではなく、言葉の端々《はしばし》から、本当に、釜飯も蕎麦も食べたいのだと悟《さと》ったのである。

「お客さま、では、こうなさったらいかがでしょう。もし、お急ぎでないようなら、お連れさまが釜飯を召し上がるまでお待ちになり、それから、彦蕎麦に廻《まわ》られては……」

男たちは顔を見合わせた。

「別に、急いじゃねえけどよ」

「ああ、海晏寺の紅葉は見たし、あとは、日本橋まで帰《けえ》るだけだからよ」

およねが問題解決とばかりに、ポンと膝《ひざ》を叩《たた》く。

「でしたら、すぐに釜飯をお持ちしますね。彦蕎麦のほうにも、暫《しばら》くしたらお客さまが見えるので、席を二人分空《あ》けておくようにと伝えておきますんで、お待たせすることはないと思います」

「済まねえな……」

不人相な顔をした男が、バツが悪そうにひょいと顎《あご》をしゃくる。

およねは配膳口まで戻ると、釜飯の注文を通し、膳《ぜん》に昼餉膳《ひるげぜん》の小鉢《こばち》を載《の》せた。

「おまき、釜飯を運んだついでに、さり気なく、もう一人の客にお口汚《くちよご》しですがと小鉢を渡すんだよ。いいかえ、他の客に気づかれないように、さり気なくだよ」

小鉢は鹿尾菜《ひじき》と鶏肉《とりにく》、油揚《あぶらあげ》の煮物《にもの》であった。

「さすがは、およねさんですね。あたしにはあんなに高飛車《たかびしゃ》だった客が、すっかり手《て》懐《なず》けられちまったんだもの……」

おまきが襟《えり》についた言い方をすると、およねがきっとおまきに鋭い視線を送った。

「手懐けるとは、何さ！　筋を通しただけの話じゃないか。茶立女がいちいち客に振り廻されてどうすんのさ！　毅然と対応すればいいんだからさ。とはいえ、客に対する配慮を忘れちゃならないからね。この小鉢は待っていただくことへの、感謝の気持……。あたしたちはさ、常に、臨機応変《りんきおうへん》に対処しなくちゃならないんだよ」

「そうだよ、おまき。おまえがおよねさんのようになるには、十年早いってことでさ！」

客席から銚子や皿小鉢《さらこばち》を下げてきた、おくめが嗤《わら》う。

「ほい、七番飯台の釜飯が上がったぜ！」

板場から声がかかり、おまきが配膳口に寄って行く。

そうして、おまきはおよねが小鉢を載せた膳に釜飯、香《こう》の物、味噌汁《みそしる》を載せると、七番飯台へと運んで行った。

刻《とき》は九ツ半（午後一時）……。

やっと、昼の書き入れ時が終わりに差しかかった頃であった。

が、やれとひと息吐《つ》くかと思いきや、またもや、騒ぎが起きようとしていたのである。

おなみが大広間の一番奥の飯台から、四、五歳くらいの男児の手を引き、腕に乳飲み子を抱えて戻って来たのである。

「その子は？」

およねが目をまじくじさせる。

「おやまっ、なんて可愛《かわい》いんだえ！」

おくめが赤児《やや》の顔を覗《のぞ》き込む。

おなみは途方《とほう》に暮れたような顔をしていた。

「それがさ、母親がいつの間にか姿を消しちまったんだよ」

「なんだって！」

「姿を消したって、一体、いつ……」

茶立女たちが呆然《ぼうぜん》とする。

「それが、いつか判《わか》らなくて……。確か、およねさんが七番飯台の客と遣《や》り合っていたときには、いたような……」

おなみは泣き出しそうな顔をした。

すると、子供たちの母親はおよねが七番飯台の客と丁々発止《ちょうちょうはっし》と遣り合っている最中《さなか》、子供を残して姿を消したということになる。

茶屋衆《ちゃやし》ばかりか客の殆《ほとん》どが、七番飯台に気を取られていたときで、女《おな》ごの行動に誰一人として注意を払っていなかった……。

とすれば、無論、鳥目《ちょうもく》（代金）を払っていないだろう。

「お待ちよ！　じゃ、食い逃げじゃないか」

おくめが鳴り立てる。

「おなみ、その客、何を注文したんだい？」

およねに訊《き》かれ、おなみは首を振った。

「それが、まだ何も……。あとで声をかけるからと言ったきりなんですよ」

「じゃ、食い逃げってわけじゃないんだね。てことは、連れの誰かを捜《さが》しにちょいと表に出ただけで、また戻って来るってことじゃないのかえ？」

「それが……。ほら、これ……」

おなみが乳飲み子を抱えたほうの手を差し出す。

「なんだえ、手紙かえ？　えっ、これは書き置きじゃないか……」

およねは瓦版大《かわらばんだい》の紙を手に、絶句した。

拙《つたな》い文字で、コドモ、タノミマス、と書かれていたのである。

「子供を頼むって、じゃ、捨子《すてご》ってことじゃないか！」

およねは色を失い、茶屋番頭の甚助《じんすけ》を手招きした。

帳場から、甚助が何事かといった顔をして出て来る。

「なんだって？　おっ、餓鬼《がき》じゃねえか！　それに赤児《やや》も……」

甚助が狐《きつね》につままれたような顔をする。

「番頭さん、この子たちの母親を見かけませんでした？」

「いや……。あっ、待てよ。そう言えば、一人、厠《かわや》に立って行ったようだが……。俺もよ、およねが七番飯台の客をどう処理するかと気が気じゃなかったもんだからよ。その女ごがそれからどうしたかは知らねえ。えっ、なんだって……。おいおい、コドモタノミマスって、こりゃ捨子じゃねえか！」

およねから紙切れを見せられ、甚助が唖然《あぜん》とする。

「番頭さん、どうします？」

「どうするもこうするもねえや！　とにかく、女将《おかみ》さんに報告しなきゃ……。おなみ、餓鬼を連れて、俺について来な」

甚助が憮然《ぶぜん》とした顔をして、おなみを促《うなが》す。

どうやら、大風の吹きそうな気配に、茶立女たちは一斉《いっせい》に顔を見合わせ、ふうと太《ふと》息《いき》を吐いた。

「坊《ぼう》、お名前は？」

おりきが男児の顔を覗き込むと、男の子はおりきに貰《もら》った金平糖《こんぺいとう》をしゃぶりながら、ユウキ、と呟《つぶや》いた。

「そう、ユウキちゃんなのね。それで、お歳《とし》は？　幾《いく》つなのかしら？」

そう訊くと、今度は、無言のまま片手を開いた。

五歳ということなのだろう。

「それで、この赤ん坊はユウキちゃんの妹なのね？　では、赤ちゃんのお名前は？」

ユウキはとほんとした顔をした。

「おや、どうしました？　妹の名前を知らないってことはないわよね。お名前は何かしら？　お母さまはなんて呼んでいましたか？」

おりきがユウキの顔を瞠《みつ》める。

「女将さん、お母さまなんて言ったたって、この餓鬼には通じやしねえ……。おっ、坊主《ぼうず》、おめえのおっかさんは赤ん坊のことをどう呼んでいた？」

堪《たま》りかねたように、大番頭の達吉《たつきち》が割って入ってくる。

ユウキは叱《しか》られたとでも思ったのか、唇をへの字に曲《ま》げ、首を振った。

では、本当に知らないのであろうか……。

「大番頭さん、この様子じゃ、この餓鬼、本当に赤ん坊の名を知らねえようですぜ」

甚助が苦《にが》りきった顔をして、腕を組む。

「そのようですね。では、ユウキちゃん、お母さま、いえ、おっかさまの名前を教えて下さいな」

おりきがそう言うと、ユウキはまたもや首を振った。

「この餓鬼ャ、ふざけやがって！　てめえのおっかさんの名前《なめえ》が判らねえわけがねえだろうが！」

甚助が気を苛ったようにどしめくと、ユウキは遂《つい》にしくしくと泣きべそをかき始めた。

「甚助、子供を相手に大人げないではありませんか！　そんなふうに声を荒《あら》げたのでは、怖がってしまいます。ねっ、ユウキちゃん、本当におっかさまの名前を知らないのかしら？　それとも、咄嗟《とっさ》には思い出せないけど、よく考えれば、思い出せるってことなのかしら？」

おりきがユウキに微笑《ほほえ》みかける。

ユウキは片袖で涙を拭《ぬぐ》うと、

「おくり……。けど、死んじまったんだもん……」

と呟いた。

「死んじまったって!」

達吉と甚助があっと顔を見合わせる。

「じゃ、おめえが一緒にいた女ごはおっかさんじゃねえと? じゃ、おめえを茶屋に連れて来た女ごは、ありゃ一体誰《いってえ》でエ……」

甚助が摑《つか》みかからんばかりに訊ねると、ユウキは再びワッと泣き声を上げた。

三人は困じ果てたように、顔を見合わせる。

「こうなりゃ、亀蔵《かめぞう》親分を待つしかねえな……」

達吉が太息を吐くと、甚助も大仰《おおぎょう》に頷《うなず》いた。

「番屋に引き渡すしか仕方がありやせんな。だが、あの女ごがこいつらの母親じゃねえとしたら、他人《ひと》の子を勝手に置き去りにしたことになりやすぜ。なんともまあ、酷《ひで》エことをするもんじゃねえか……。けどよ、五歳の餓鬼が見知らぬ女ごにのこのこついて行くと思いやす? どう考えたって、解《げ》せねえ話でやすぜ……」

甚助が訝《いぶか》しそうに首を捻《ひね》る。

「おう、坊主、もう一遍《いっぺん》訊くが、おめえの名前はユウキで、歳は五歳。で、この赤ん坊はおめえの妹か？」

達吉が改まったようにユウキを質《ただ》す。

ユウキはこくりと頷いた。

「妹か……。それで、名前《なめえ》は？　あっ、そうか、知らねえと言ったな。だがよ、どう見ても、この赤児《やや》は生後十月《とつき》ってとこ……。それなのに、坊主が知らねえってことは、この赤児《やや》はあんまし名前で呼ばれていなかったってことか？　おう、坊主、そうなんだな？」

達吉がユウキを覗き込む。

すると、ユウキは怒りに目をぎらぎらと光らせ、大声で叫んだ。

「おいら、坊主じゃないもん！　ユウキだもん！　それに、いもうとはアカネ……」

達吉はおりきを見ると、なんでェ、やっぱり知ってるんじゃねえか、と片目を瞑《つぶ》ってみせた。

「坊……、いや、ユウキ、偉《えれ》ェぞ！　妹の名を思い出したんだもんな？　するてェと、おめえとアカネを茶屋に連れて来た女ごは、ありゃ誰だ？　おめえの知ってる女ごなんだよな？　そうでなければ、おめえが黙ってついてくるわけがねえからよ。なっ、誰なのか教えてくれねえかな？」

ユウキが消え入りそうな声で答える。

「おばちゃんか……」

「おばちゃんか……。弱ったぜ。これじゃ、おてちん（お手上げ）でェ！　おばちゃんだけじゃ、近所のおばちゃんなのか、親戚のおばちゃんなのか判りゃしねえからよ」

達吉が苦虫《にがむし》を嚙《か》み潰《つぶ》したような顔をすると、それまで眠っていた赤児《やや》が目を醒《さ》まし、ぐずり始めた。

おりきがほらほらと赤児《やや》を抱え上げる。

「襁褓《おしめ》が濡《ぬ》れているようですね。それに、お腹《なか》も空《す》いたのでしょう。達吉、あすなろ園に行き、キヲさんを呼んで来て下さいな。海人《かいと》ちゃんの襁褓があれば貸してほしいが、出来れば、貰い乳もしたいとそう伝えて下さい」

「あっ、それがようござんすね。では……」

達吉が帳場から出て行く。

おりきは赤児《やや》をあやしながら、ユウキを瞠めた。

恐らく、この子もお腹を空かせているに違いない。

「ユウキちゃん、中食を食べていないのでしょう？　では、女将さんと一緒に食べましょうか」

ユウキはすじりもじりとしながらも、えへっと、照れ笑いをしてみせた。

こんなところは、あすなろ園の子供たちと少しも変わらない。

おりきはおうめを呼ぶと、ユウキが自分たちと一緒にここで中食を摂《と》るので、子供が好きそうなお菜《さい》を一品加えるようにと頼んだ。

そこに、知らせを聞いた、キヲがやって来た。

「大番頭さんから聞きました。まあ、この娘《こ》なんですね。ほらほら、おばちゃんが来まちたよ。今、襁褓を替えて、オッパイを飲ませてあげまちゅからね。いい娘《こ》だ、いい娘《こ》だ。もう泣かないの……」

さすがは乳飲み子の母とあって、キヲは手慣《てな》れたものである。

手早く襁褓を取り替えると、甚助を前に臆《おく》することなく、赤児《やや》に乳を含ませた。

目のやり場に困ったのは甚助で、あっしはこれで……、とそそくさと帳場を後にする。

「この子たち、おっかさんに置き去りにされちまったんですって？　可哀相《かわいそう》に……」

キヲが赤児とユウキを見比べながら言う。

「それが、どうやら、本当の母親ではないようなのですよ。けれども、詳《くわ》しい事情まで判らないものですから、正《まさ》な話、困じ果てているところなのです」

「じゃ、この子たちのおっかさんは……。えっ、死んじまったのですか！」

おりきが首を振ったのを見て、キヲが驚いたように声を張り上げる。

そこに、おりきや達吉の中食が運ばれて来た。

無論、ユウキの膳も仕度《したく》してあり、子供が好きそうな玉子焼《たまごやき》が特別に添《そ》えてある。

「さあ、ユウキちゃん、一緒に頂《いただ》きましょうか」

おりきが微笑みかけると、ユウキはこくりと頷いた。

「キヲさんは中食がお済みですか？」

「ええ、あたしはあすなろ園で子供たちと一緒に済ませました。どうぞ、あたしに構わず上がって下さいませ。それで、どうしましょう。この娘《こ》、どうやら、オッパイを飲んだらおネムになったようですけど、この後どうするにしても、ひとまず、あすなろ園に連れ帰りましょうか？　襁褓やオッパイのこともあるし、そうしたほうがいいかと……」

キヲがおりきを窺う。

おりきはユウキに目をやると、頷いた。

「そうしてもらえると助かります。おっつけ亀蔵親分も見えますが、いずれにしても、食事を済ませたら、ユウキちゃんもあすなろ園の子供たちと一緒に遊ぶほうが気が紛《まぎ》れるでしょうからね。ねっ、ユウキちゃん、あすなろ園には子供たちが沢山いるのよ。皆と一緒に遊びましょうか！」

ユウキがパッと目を輝かせる。

「へっ、なんとも現金じゃねえか！　つい今し方まで潮垂《しおた》れてたくせしてよ」

帳場に戻って来た達吉が、ユウキの頭をちょいと小突く。

「おっ、美味《うま》そうじゃねえか！　なんだよ、ユウキの膳にだけ玉子焼がついてるじゃねえか。ユウキ、爺《じ》っちゃんの膳と取り替えっこしねえか？」

「嫌《いや》だ！」

ユウキが慌てて玉子焼の皿を手で覆《おお》う。

「大丈夫《でえじょうぶ》だ、盗《と》りゃしねえからよ！　言ってみただけだから、安心して食いな」

達吉は茶目っ気たっぷりに片目を瞑ると、箸《はし》を取った。

今日の賄《まかな》いの中食は、椎茸葱《しいたけねぎ》と粕汁《かすじる》である。

椎茸葱は、網《あみ》焼《や》きにした椎茸と九条葱《くじょうねぎ》のみじん切りを淡口醤油《うすくちじょうゆ》と一番出汁《だし》、柚子《ゆず》の搾《しぼ》り汁で和《あ》えたものであるが、焼椎茸の芳《こう》ばしさに葱と柚子の香りが混ざり、さっぱりとして食が進みそうである。

それに、鮭《さけ》のアラと野菜で作った粕汁……。

なんとも具沢山《ぐだくさん》で、身体《からだ》の温まること！

冬隣《ふゆどなり》から春先にかけて、立場茶屋おりきの賄いにこうして粕汁が度々《たびたび》登場するが、此《こ》の中《じゅう》、賄いはもっぱら榛名《はるな》の役目とあって、今日の粕汁のなんとも具沢山なこと……。

その殆《ほとん》どが、これまでは捨ててしまっていた野菜の屑《くず》や皮を活《い》かしているのだが、今日の粕汁の具は、鮭のアラに大根《だいこん》、人参《にんじん》、椎茸、牛蒡《ごぼう》、長葱《ながねぎ》、油揚、蒟蒻《こんにゃく》……。

この一品だけでお菜は充分といってもよいほどだが、ユウキの膳には、そのうえ玉子焼までついている。

ユウキは美味そうに玉子焼を頬張《ほおば》り、粕汁を啜《すす》った。

「まだ頑是《がんぜ》ねえ餓鬼だというのによ……。どういう事情か知らねえが、酷《ひで》ェ大人がいるもんだぜ。けど、置き去りにされた場所がここだとはよ。まるで、うちに養護施設があるのを知っているかのようじゃねえか」

何気なくそう口にした達吉だが、あっと、おりきに視線を移した。

「女将さん、それでやすぜ！　その女ご、ここにあすなろ園があると知っていて、それでこいつらを置き去りにしたに違《ちげ》ェねえ……」

そう言うと、キヲも相槌《あいづち》を打つ。

「あたしも今そう思っていたところです。女将さん、きっとそうですよ！」

おりきは首を傾《かし》げた。

そうかもしれないが、たまたま偶然ということも考えられる。

いずれにしても、ここに子供たちが置き去りにされたということは、何かの引き合わせのように思えてならない。

これは、生半可《なまはんか》な気持ではいられないということ……。

おりきは気を引き締《し》めるようにして、ユウキを瞠めた。


亀蔵がやって来たのは半刻《はんとき》（一時間）後のことである。

「捨子だって？」

亀蔵はよほど慌てて駆けつけて来たとみえ、月代《さかやき》に粟粒《あわつぶ》のような汗を浮かべていた。

「いえ、まだ、そうと決まったわけではないのですよ。とは言え、もう一刻（二時間）以上になりますからね。そう思わざるをえないでしょう」

おりきが茶を淹《い》れながら言う。

「大体《でえてえ》のことは茶屋番頭や茶立女たちから聞いたが、それで、その餓鬼は現在《いま》どこにいるんでェ……」

「あすなろ園で預かってもらっていますのよ」

「成程《なるほど》、弥次郎《やじろう》の嫁がついてりゃ赤児《やや》は安心ってことなんだな……。てこたァ、大番頭が言うように、ここにあすなろ園があるのを知っていて、敢《あ》えて、茶屋に置き去りにしたってことか……。おっ、けどよ、これも大番頭から聞いたんだが、餓鬼を茶屋に連れて来たのは、母親じゃねえと？」

「ユウキちゃんの話では、母親の名前はおくりというのですって……。けれども、亡くなったそうですの。それで、では、誰が茶屋に連れて来たのかと訊ねると、おばちゃんと答えるのですが、これがまた、どこのおばちゃんなのか雲を摑むような話で……」

おりきが弱りきったように肩息《かたいき》を吐く。

「五歳の餓鬼が言うことだからよ……。よいてや、俺が改めて質そうじゃねえか」

亀蔵が腰を上げかける。

「親分、どちらに？」

「決まってらァ、あすなろ園よ」

おりきは慌てた。

「お待ち下さいませ！　あすなろ園には他の子供たちがいます。今、ユウキちゃんをここに連れて来ますので、ここで訊ねて下さいませんか？」

亀蔵はおりきの言う意味が解ったとみえ、再び、どかりと腰を下ろした。

おりきは下足番見習《げそくばん》の末吉《すえきち》にユウキを迎えに行くようにと言いつけ、帳場に戻った。

「ところで、その後、おきちはどうした？　相も変わらず、筏宿《いかだやど》の茂兵衛《もへえ》にほの字なのかよ」

亀蔵が茶をぐびりと飲み干し、おりきを窺う。

おりきは亀蔵の湯呑《ゆのみ》に二番茶を淹れると、ふと眉根《まゆね》を寄せた。

「あれから三日ほどして、先日の礼だとおきちに簪《かんざし》が届きましてね」

ほう……、と亀蔵が芥子《けし》粒《つぶ》のような目を見開く。

「おきちは旅籠《はたご》の女中として当然のことをしたまでで礼には及ばない、とわたくしは固辞《こじ》したのですが、遣《つか》いの者が旦那さまから是非《ぜひ》にも受け取ってもらうようにと言われているので、と頭を下げるものですから、それ以上お断りすることも出来ずに受け取ったのですがね」

「おきちの奴、舞い上がっただろうて……」

「舞い上がったなんてものではありませんわ。あれからというもの仕事に身が入らず、どうかするとぼんやりしていたり、接客の手順を間違えて、おうめに叱られてばかりなのですよ」

おりきが困じ果てたような顔をする。

「茂兵衛も茂兵衛よ！　さすがは好き者……。女ごに簪を贈《おく》ることが何を意味するか解っていて、女心を擽《くすぐ》るんだからよ」

亀蔵が憎体《にくてい》に吐《は》き出す。

「それで、おうめも遂に堪忍袋《かんにんぶくろ》の緒《お》が切れたのでしょうね。おきちに向かって、おまえ、あの男に騙《だま》されているのに気づかないのか、おまえがどんなに惚《ほ》れようと、あの男には女房がいるし、浮いた話を数えれば、枚挙《まいきょ》に遑《いとま》がないということを知らないのかって鳴り立てたのですよ」

おりきが辛《つら》そうに肩息を吐く。

「おきちはすっかり喪心《そうしん》してしまいましてね。見ているのが辛くなるほどでした。けれども、おうめの言ったことに嘘偽《うそいつわ》りはなく、わたくしはあれで良かったのだと思っていますの。いずれ現実に直面しなければならないのであれば、疵《きず》が浅く済むうちに負《お》ったほうがよいと思いましてね……。そうして、一つ一つの疵を乗り越えて、人は成長していくものです。おきちは芯《しん》の強い娘です。あれでも暫くは塞《ふさ》ぎ込んでいましたが、少しずつ元の明るいおきちに戻って来ているようなので、やれと胸を撫《な》で下ろしているところなのですよ」

「そうけェ。おうめの荒療治《あらりょうじ》が功《こう》を奏《そう》したってわけだ。まあな、初恋なんてものは、概《おおむ》ね、そんなもんでよ。おっ、おりきさんよ、良かったじゃねえか！　これで、おきちは八百屋《やおや》お七《しち》やお陸《ろく》とは違うってことが判ったんだからよ」

亀蔵のひょうらかしを、おりきはまっと目で制した。

だが、まだ、やれと安堵《あんど》するわけにはいかないのである。

よい例が、茶立女のおまき……。

駆け落ちした男には立場茶屋おりきに置き去りにされ、茶立女として働くようになってからも、幾たび男に淡《あわ》い恋心を寄せては裏切られてきたことだろう。

飯盛女《めしもりおんな》を身抜《みぬ》けさせようとした治平《じへい》に、長患《ながわずら》いの妻女や息子を手にかけ、自害してしまった、浪人の柳原嘉門《やなぎはらかもん》……。

そればかりか、一時期、巳之吉《みのきち》に片惚《かたぼ》れしたことがあるかと思えば、キヲと所帯を持つことが決まったばかりの、茶屋の板頭《いたがしら》弥次郎にまでも……。
その悉《ことごと》くが、おまきには手の届かない相手だった。
人には、石橋を叩いて安全な道を歩む者もいれば、危《あや》ういと解っていて、敢えて茨《いばら》
道《みち》を歩もうとする者もいる。
おまきは明らかに後者のほうだろう。
しかも、一度で懲《こ》りてもよさそうなものを、何度も同じ轍《てつ》を踏もうとする……。
おきちがおまきと違うと、誰が言いきれるであろうか。
だが、取り敢えず、おきちはほんの少しだけ大人に近づけたのである。
「女将さん、ユウキちゃんを連れて来やした」
障子《しょうじ》の外から声がかかり、ユウキが末吉に手を引かれて入って来る。
ユウキは亀蔵の厳《いか》つい顔に懼《おそ》れをなしたのか、末吉の腰にしがみつき、顔を隠した。
「さあ、ユウキちゃん、女将さんのところにいらっしゃいな。そうだわ、金平糖を食
べましょうか!」
おりきが両手を広げると、ユウキはとろとろと前に歩み、腰を下ろした。
「さあ、どうぞ。金平糖を食べながらでいいから、訊ねることに答えてくれると嬉《うれ》し
いのだけど、ユウキちゃん、出来るわね?」

おりきがふわりとした笑《え》みで、ユウキを包み込む。

「ユウキちゃんのおっかさまの名前は、おくりさんよね？　けれども、死んでしまわれた……。それで、お父さま、いえ、おとっつァまの名前は何かしら？」

おりきの、おとっつァま、という言い方がよほどおかしかったのか、亀蔵がケケッと肩を揺する。

ユウキは円《つぶ》らな瞳を二度三度瞬《しばたた》いた。

「…………」

「あら、どうしました？　おとっつァまの名前を知らないなんてことはないわよね？　だって、さっきも、おっかさまの名はおくり、妹の名がアカネと思い出したのですものね。おとっつァまはなんて呼ばれていたのかしら？」

「ゲンキ……」

ユウキが小声で呟く。

「なに、ゲンキだと！　おいおい、ユウキにゲンキだなんて、こんな嘘っぽい話が信じられるかよ！」

亀蔵がだみ声を張り上げる。

おりきはきっと鋭い目で、亀蔵を制した。

「親分、ここはわたくしに委《まか》せて下さいませ。親分のような言い方をしたのでは、ユウキちゃんが怖がるではありませんか！」

亀蔵がへっと肩を竦《すく》める。

「それで、おとっつァまは何をしている男《ひと》かしら？　ほら、大工さんだとか、魚屋さんだとか……」

「お絵描きをしている」

「お絵描き……。ああ、絵師なのね？　では、毎日仕事に出掛けるのではなくて、おうちで絵を描いていらっしゃるのね？」

ユウキがこくりと頷く。

「絵師か……。となれば、さほど捜すのに手間がかからねえかもしれねえな」

亀蔵が初めてニッと笑みを見せた。

「それで、今日、茶屋に一緒に来たおばちゃんのことだけど、名前は判らないかしら？　そう、判らないのね……。けれども、ユウキちゃんが嫌がらずに一緒に来たほどですもの、親しくしている女《ひと》なのね？」

おりきが金平糖をもう一粒手渡すと、ユウキはこくりと頷いた。

「紅葉を見に来たの」

「ああ、海晏寺に来たのね。それで、おとっつァまは一緒ではなかったの？」

「おとっつァんはお絵描きしてる」

「では、おばちゃんがユウキちゃんと妹を紅葉狩りに連れ出したのね？　そう、それで、お腹が空いたので立場茶屋に入ったのね。でも、何故《なぜ》、おばちゃんはユウキちゃんたちを残して、一人で見世を出たのかしら……。何か言ってましたか？」

「厠に行って来るから、待ってなって……」

おりきと亀蔵が顔を見合わせる。

子を置き去りにするときの常套句《じょうとうく》とあって、二の句が継《つ》げられなかったのである。

こうなると、次は何を訊けばよいのか……。

五歳の子にどこから来たのかと訊ねても、正確な地名は答えられないだろうし、ましてや、父親の名ゲンキを漢字でどう書くのかと訊ねても、判りはしないだろう。

ところが、驚いたことに、亀蔵が単刀直入《たんとうちょくにゅう》にずばりと訊ねたのである。

「それで、どこから来たんだよ」

あっと、おりきは亀蔵を見たが、亀蔵はしごく当然といった顔をしている。

「白金《しろかね》……」

ユウキが答えると、亀蔵は矢継《やつ》ぎ早《ばや》に質した。

「白金の何丁目だ！」

ユウキはとほんとした顔をした。

やはり、これ以上は無理のようである。

が、亀蔵はそれでも諦めなかった。

「女子供の脚じゃ、海晏寺まで歩くのは容易《ようい》じゃねえからよ。おっ、おめえ、歩いてきたのかよ。それとも、四ツ手（駕籠《かご》）に乗ったのかよ」

ユウキは四ツ手と聞いて、目を輝かせた。

「うん。おばちゃんがね、四ツ手に乗せてやるって言ったんだ！　おいら、初めて乗ったんだよ」

どうやら、ユウキは四ツ手に乗せてやると言う言葉に惹《ひ》かれ、その女ごについて来たようである。

亀蔵が組んだ腕を解《ほど》き、ポンと膝を打つ。

「よし、これまでに判ったことを纏《まと》めよう。ユウキの親の名はゲンキ。絵師で、赤児《やや》が十月ということは、寡《やもめ》になってまだ日が浅《あせ》ェということで、住まいは白金……。なに、白金と絞《しぼ》れただけでも上等よ！　この男を当たることで、自《おの》ずと女ごの姿が浮かび上がってくるからよ。てことで、金太《きんた》や利助《りすけ》を使って、白金周辺を徹底的に洗うからよ。おりきさん、済まねえが、もう暫くこいつらをあすなろ園で預かってもらえねえかな？」

「解りました。アカネちゃんはキヲさんに頼むことにして、ユウキちゃんは他の子供たちとあすなろ園で寝泊まりさせましょう。子供たちも新しい仲間が出来て悦《よろこ》ぶでしょうし、ユウキちゃんもそれなら寂《さみ》しくないでしょうからね。ねっ、ユウキちゃん、おとっつァまのところに戻れるまで、そうしましょうね？」

おりきがユウキの芥子《けし》坊主頭《ぼうずあたま》を撫でてやると、ユウキは嬉しそうに、うん、と頷いた。

邪心《じゃしん》のない、この笑顔……。

大人の勝手にされてよいはずがない。

おりきは一刻でも早く、ユウキとアカネを父親の元に戻してやらなければと思った。


ところが、すぐにでも見つかると思っていたユウキの父親だが、下っ引きの金太や利助が脚を棒《ぼう》のようにして白金一丁目から十一丁目を虱潰《しらみつぶ》しに洗ったのであるが、それらしき男は見つからず、一廻り《ひとまわ》り（一週間）が経《た》ってしまった。

が、どうやら、ユウキはすっかりあすなろ園に馴染《なじ》んでいるようなのである。

おりきも気にして、日に一度は子供部屋を訪ね、高城貞乃《たかぎさだの》にユウキの様子を訊ねた。

「ユウキちゃんは父親と離され、心細く思っていませんか？」

「いいえ、とんでもありませんわ！　あの子、もうすっかり皆と仲良しなんですよ。さすがに、最初の晩は、慣れないのか心細そうにしていましたが、卓《たく》ちゃんや勇《ゆう》ちゃんが弟のように面倒を見てくれましてね。勇ちゃんなんて、此の中、日中は卓ちゃんが板場衆《いたばし》の仕事を手伝うので、独《ひと》りぼっちになるでしょう？　それで、ユウキちゃんのことを仲間というか、弟分が出来たとでも思うのでしょうね。片時も傍《そば》から離したがらないのですよ。女ごの子たちもそれぞれに世話を焼きたがるものですから、それこそ、ユウキちゃんの奪《うば》い合いになりましてね。ユウキちゃんにしてみれば、寂しいなんて言っている暇もないのでしょうよ。まるで、ここが我が家って顔をしていますもの……」

「父親が絵師だとすれば、母親が亡くなってからさほど手をかけてもらっていなかったのではないでしょうか……。だから、おばちゃんと呼ばれる女性の誘《さそ》いに乗ったのでしょうし、あの子にとっては、ここに来たほうが寂しさを紛らわせる意味でも、寧《むし》ろ、良かったのかもしれませんわね。けれども、そう考えると尚《なお》のこと、可哀相な気がします」

おりきがそう言うと、貞乃も同感だとばかりに頷いた。

「それはそうと、ユウキちゃんの名前なのですがね。ユウキって、漢字で書くとどう書くのでしょうか？　有り体《てい》に書けば、勇気を出すの、勇気……。人の名にしては些《いささ》かそぐわないようにも思いますが、わたくしね、持ち物の名札に勇気《ゆうき》と書いていますのよ。おかしいでしょうか」

貞乃が気を兼ねたように、おりきを窺う。

「いえ、おかしくはありませんよ。勇気……。よい名前ではないですか」

貞乃はほっと眉《まゆ》を開いた。

「それで、アカネちゃんはどうしています？　キヲさんに委せっぱなしで申し訳なく思っているのですが、貰い乳をするためにも、やはり、あの娘《こ》はキヲさんに託《たく》すのが一番だと思いますからね」

「ご心配には及びません。キヲさんは乳の出がよく、有り余るほどだと聞いていますし、それに、産着《うぶぎ》や襁褓も海人ちゃんので間に合いますからね。気になるようでしたら、直接キヲさんにお訊ねになったらどうですか？　現在《いま》、子供部屋で海人ちゃんとアカネちゃんを寝かしつけていますので……」

貞乃に勧《すす》められ、おりきが子供部屋に入って行く。

キヲは二人の赤児《やや》を両脇に寝かせて浴衣《ゆかた》を解いていたが、おりきの姿を見ると、慌てて周囲《まわり》を片づけようとした。

「そのまま仕事を続けて下さい。あら、浴衣を解いて襁褓を縫《ぬ》うつもりなのですね」

「ええ、陽射《ひざ》しが弱くなってきましたからね。夏場なら洗濯が間に合いますが、こう寒くなってきたのでは、海人の襁褓だけでは足《た》りないんですよ。ふふっ、これね、うちの男《ひと》の古着なんですよ。そろそろ裁《た》ち下ろしの浴衣を仕立ててやりたいと思っていたところなんで、丁度《ちょうど》いいかと思って……」

キヲのうちの男《ひと》という言い方も、なかなかどうして、板についてきたではないか……。

少し前までは、弥次郎のことを照れ臭そうにうちの男《ひと》と呼んでいたのに、この頃うち、ごく自然に口を衝《つ》いて出ている。

「あら、でしたら、弥次郎の新しい浴衣はわたくしに仕度させて下さいな。アカネちゃんの世話を頼むのですもの、そのくらいは当然ですわ。それに、産着など、要《い》り用があれば、遠慮《えんりょ》なく言って下さいね」

「そんな……。でも、はい、そうさせてもらいます。有難《ありがと》うございます」

キヲは素直に頭を下げた。

「それで、アカネちゃんはオッパイをよく飲んでくれますか？」

キヲはつと眉根を寄せた。

「何か？」

おりきが怪訝《けげん》そうな顔をする。

「いえ、海人より飲む量が少ないのは男の子と女ごの子の違いで、さして問題はないんですが、実は……」

キヲは奥歯に物が挟《はさ》まったような言い方をした。

「何か心配事があるのですね」

「女将さんに言ったほうがいいのかどうか迷ってたんですが、言っちゃいます。あの娘《こ》ね、身体中に青痣《あおあざ》を作ってるんですよ」

えっと、おりきは耳を疑った。

「青痣を作っているとは……。生まれつきの痣ではなくという意味なのですね？」

「明らかに、故意《こい》につけられた跡《あと》です。最初《はじめ》はどこかにぶっつけた跡かと思ったんですが、どうやら、抓《つね》られた跡のようで……。それも一箇所や二箇所ではなく、人目《ひとめ》につかない背中とかお腹といった部分に、幾つも……」

おりきは息を呑《の》んだ。

もの言えぬ赤児《やや》に、誰がそんなことを……。

「あの娘《こ》、虐待《ぎゃくたい》されていたのに違いありません。それも、大人に……。どう見ても、子供の小さな手でつけられた痣ではありませんからね」

キヲが腹立たしそうに言う。

「では、誰が……」

「あたし、思うんですけど、茶屋に子供たちを連れて来た、おばちゃんと呼ばれる女ごが怪《あや》しいのじゃないかと……。父親《てておや》がしたのかとも思いましたが、まさか、実の父親が赤児《やや》にそんなことをするわけがないでしょう? その点、その女ごなら、茶屋に子供を置き去りにするほどですもの、父親の目を盗んで赤児《やや》を虐待するってことも考えられるでしょう?」

キヲがおりきを瞠める。

成程、充分、その線は考えられる。

だが、その女ごがアカネを虐待したのだとして、また何ゆえ……。

しかも、勇気の身体に虐待の跡があるとは聞いていないのである。

おりきは確認の意味で、改めて、キヲに訊ねた。

「勇気ちゃんの身体には、虐待の痕跡《こんせき》はないのですね？」

「ええ。あたしも気になったもんだから、すぐに貞乃さまに確認しました。けど、勇気ちゃんにはそんな跡はないそうで……」

そうだとすれば、ますます不可解《ふかかい》である。

おりきはざわつく胸を押さえ、裏庭に出た。

裏庭では、女ごの子たちが筵《むしろ》の上に坐っておままごとを、そして、勇次《ゆうじ》と勇気が箍《たが》廻《まわ》しをしていた。

廃品《はいひん》になった樽《たる》の箍を二股《ふたまた》になった小枝《こえだ》に挟んで転がしていくのであるが、勇次と勇気はどちらが速いか競走しているのである。

この箍は廃棄《はいき》した味噌樽《みそだる》のもので、竹編《たけあ》みの箍がこうして子供たちの遊び道具になり、また、板の部分は風呂を沸《わ》かすのに利用されるのだった。

勇気より身体一つ分先を走る勇次が、奇声《きせい》を上げる。

「おいらが一番だい！　勇気、悔《くや》しかったら、おいらを負かしてみな」

ところが、箍廻しに慣れない勇気には、箍を倒さずに廻すのは、至難《しなん》の技《わざ》……。

倒しては起こし、起こしては倒しの繰《く》り返しで、一向《いっこう》に前に進もうとしない。

「勇気ちゃん、頑張《がんば》って！」

「さっきより上手《うま》くなったよ。あと少しだ、ガンバレ！　ガンバレ！」

足首の骨折が治《なお》ったばかりのおいねが黄色い声を上げると、みずきやおせんも応援に加担《かたん》する。

が、遂に、勇気は精根《せいこん》尽き果てたといった恰好《かっこう》で、尻餅《しりもち》をついた。

「降参《こうさん》か！」

勇次が鼻柱《はなばしら》に帆《ほ》を引っかけたように言う。

勇気は屈託《くったく》のない笑顔を見せると、参った、と答えた。

いい、いい……。

たいもない。

大人が気を揉《も》むこともないのである。

おりきは勇気の傍まで寄って行くと、

「勇気ちゃん、よく頑張ったわね」

と耳許《みみもと》で囁《ささや》いた。

勇気があどけない顔で、おりきを見上げる。

「女将さんね、勇気ちゃんにお話があるのよ。おや、膝小僧《ひざこぞう》をすりむいちゃったのね。では、子供部屋で傷の手当てをしましょうか」

そう言うと、おりきは貞乃に目まじした。

貞乃も頷く。

どうやら、貞乃はおりきが鬼胎《きたい》を抱《いだ》いていることに気づいているようである。

子供部屋に入ると、おりきは傷の手当てをしながら、勇気に話しかけた。

「勇気ちゃんはすっかりあすなろ園が気に入ったみたいね。皆と一緒にいられて、ここは愉しいかしら？　そう、それは良かったこと……。けれども、おとっつァまやおばちゃんとこんなに永《なが》く離れていたのでは寂しいでしょう？　現在《いま》ね、この前、勇気ちゃんも逢《あ》った亀蔵親分がね、勇気ちゃんのおとっつァまを捜して下さっているの。きっと、おとっつァまも心配をなさっているでしょうからね。それでね、アカネちゃんのことなんだけど、キヲおばさんがアカネちゃんの身体に沢山傷跡《きずあと》があるのを見つけたのですって……。アカネちゃんに誰がそんなことをしたのか、勇気ちゃん、知っているかしら？」

「…………」

「おとっつァまはそんなことをしませんよね？」

「…………」

「この前、ここに勇気ちゃんたちを連れて来たおばちゃんのことだけど、四ツ手に乗せて紅葉狩りに連れて来てくれたほどですもの、勇気ちゃんたちを可愛がってくれていたのよね？」

勇気は間髪《かんはつ》を容《い》れず、首を振った。

「……………」

今度は、おりきが言葉を失った。

「可愛がってくれていたのじゃないのね？」

「おいら、おばちゃん、好きじゃない……」

「好きじゃないって……。じゃ、アカネちゃんを傷つけたのは、おばちゃんだというの？」

「知らない……」

「知らないって……。では、何故、勇気ちゃんはおばちゃんが好きではないのかしら？」

「……………」

勇気は唇を真一文字《まいちもんじ》に結び、上目遣《うわめづか》いにおりきを見た。

どうやら、この調子では、これ以上聞き出すのは無理のようである。

そろそろ八ツ半（午後三時）……。小中飯《こじゆうはん》（おやつ）の時刻である。

裏庭にいたとき、板場から甘藷《かんしょ》を蒸《ふ》かす匂《にお》いが漂《ただよ》ってきたので、今日の小中飯は蒸かし芋《いも》であろう。

おりきは肩息を吐くと、キヲに目まじして腰を上げた。

「まあ、幾富士《いくふじ》さん、もう三味線《しゃみせん》の稽古《けいこ》を始められたのですか！」

お薄《うす》を点《た》てていたおりきが茶筅《ちゃせん》を掻《か》く手を止め、驚いたように幾千代《いくちよ》を見る。

「舞《まい》の稽古やお座敷に出るのはまだ無理なんだけどね。ほら、冬夜《とうや》に入っちまっただろう？　夜稽古《よげいこ》の三味線《しゃみ》の音《ね》があちこちから流れてくるもんだから、永いこと三味線に触《さわ》っていなかった幾富士の芸者魂《げいしゃだましい》が目を醒ましたんだろうね……。年明けから本格的に復帰するためにも、現在《いま》のうちに、勘《かん》を取り戻したいといってね。ゆっくりすればいい、無理をするんじゃないというあちしの言葉に耳を貸そうともしないのさ。まっ、舞のほうはもう少し先になると思うけどさ……。何しろ、体力がすっかり落ちちまっただろう？　食も細くなったし、あちしは気が気ではないんだよ」

幾千代が黒文字《くろもじ》で鹿子餅《かのこもち》を切り分けながら言う。

鹿子餅は幾千代のお持たせである。

昼の座敷で、人形町《にんぎょうちょう》から来た客から貰ったのだという。

ならばと、おりきはお薄を点てる気になったのであるが、おりきの点てるお薄を飲むのは久々とあって、幾千代は小娘のように破顔《はがん》してみせ、幾富士の近況報告を始めたのだった。

「その後、腎《じん》の臓《ぞう》の具合はいかがですか？　素庵《そあん》さまはなんとおっしゃっているのでしょう」

おりきが幾千代の前に抹茶茶碗《まっちゃぢゃわん》を置く。

「食生活に気を配《くば》り、無理をしないことだってさ……。まっ、弱った臓器を騙し騙しながら付き合っていくより仕方がないってことなんだろうさ。と言ったところで、滋養《じよう》はつけなきゃならないからね。おたけが幾富士に何を食べさせたらいいんだかと悲鳴を上げてるよ」

幾千代は抹茶茶碗を手にすると、ズズッと音を立てて茶を啜った。

「やっぱ、お抹茶っていいね。気が落着くよ」

「もう一服《いっぷく》いかがですか？」

「じゃ、貰おうかね」

幾千代は肩を竦めてみせた。

「ところで、親分から聞いたんだけど、茶屋に幼児と乳飲み子が置き去りにされたんだって？　酷《ひど》いことをするじゃないか！　親分の話じゃ、置き去りにしたのは子供の親ではないそうだけど、それじゃ、誘拐《ゆうかい》ってことになるじゃないか……」

幾千代がおりきに目を据える。

「それが、ただの拐《かどわ》かしでもなさそうなのですよ。拐かしならば、親が血眼《ちまなこ》になって捜し回るでしょうが、親分の話では、これまでどこの自身番にも届けが出ていないのですって……」

「妙な話だね。もう一廻り以上になるんだろう？　やっぱ、これは捨子だね。子供たちを置き去りにしたのが母親でないとしたら、実の親に捨ててきてくれと頼まれたんだよ、きっと……。なんてことだえ！　幾富士がこの話を聞いたら、憤慨《ふんがい》するだろうよ。あの娘《こ》ね、赤児《やや》がお腹にいる頃は、又一郎《またいちろう》の子なんか産みたくない、生まれたらさっさと里子に出すんだなんて息巻《いきま》いていたくせして、一度も日の目を見ることが出来なかった芙蓉《ふよう》を胸に、はらはらと涙を零《こぼ》してさ……。その後も、オッパイが張ると、絞り出しながら泣くのさ。こんなことになったのは、自分が邪《よこしま》な心を持っていたからだ、生まれてくる子に罪はないのに、終《つい》しか、愛《いと》おしく思ってやらなかったから罰《ばち》が当たったのだって、そう言ってさ……。幾富士はもう二度と子が産めない身体になって初めて、子の有難さが解ったってことでさ。ふふっ、そういうあちしも同様でさ。だから、無事に生まれてきた子が粗末《そまつ》に扱われることが許せないんだよ！」

「本当にそうですわね。さっ、お茶をどうぞ……」

おりきが抹茶茶碗を幾千代の前に置く。

と、そのとき、板場側から巳之吉《みのきち》が声をかけてきた。

「巳之吉でやす」

おやっと、おりきは首を傾げた。

今宵《こよい》の夕餉膳《ゆうげぜん》の打ち合わせは既《すで》に終わっている。

「お入りなさい」

おりきが訝しがりながらも声をかけると、巳之吉が片口鉢《かたくちばち》を手に入って来た。

「あっ、お見えでしたか……」

巳之吉が幾千代の姿を認め、いいのか、とおりきを窺う。

「構いませんのよ」

「巳之《みの》さん、丁度良かった！　あちし、おまえさんには世話になりっぱなしだったというのに、まだ面と向かって礼を言っていなかっただろ？　済まなかったね。お陰で、幾富士も猟師町《りようしまち》に戻ることが出来、まだ本調子とまではいかないが、少しずつ元の生活に戻っているんだよ。有難うね、本当に有難う……」

幾千代が畳《たたみ》に頭を擦《す》りつけるようにして、礼を言う。

巳之吉は恐縮《きようしゆく》し、挙措《きよそ》を失った。

「止《よ》して下せえ……。あっしはただ弁当を拵《こしら》えただけで、大《てえ》したことをしたわけではありやせん」

「何を言ってんだよ。それが有難かったと言ってるんじゃないか。病人の傍にいると、どうしても気が滅入《めい》っちまってさ……。そんな中で、おまえの弁当だけが愉しみだったんだよ。今日は何が入ってるんだろうかとわくわくしちゃってさ！　巳之さんはそんなあちしを飽《あ》きさせまいと、日々、目先の変わった弁当を作ってくれたじゃないか。そのうえ、幾富士のためにも作ってくれたんだからさ……。正な話、あの娘《こ》も巳之さんの弁当を食べて、元気を取り戻したんだよ。おかあさん、生きていればこんなに美《お》味《い》しいものが食べられるんだね、やっぱ、生きてなきゃ駄目だねって……」

巳之吉が照れ臭そうに俯《うつむ》く。

「悦んでいただけて、それはようござんした」

おりきは巳之吉が手にした、片口鉢に目をやった。

「それは？」

あっと、巳之吉が片口鉢を猫板《ねこいた》の上に置く。

「利休卵《りきゅうたまご》を作ってみやした。女将さんに味見をしていただこうかと思いやして……」

「利休卵……。今宵の夕餉膳のお品書には入っていなかったようですが……」

「ええ。今宵、浜木綿《はまゆう》の間に藤沢《ふじさわ》の城西屋《じょうさいや》さんがお入《へえ》りになりやすが、城西屋さんは病《や》み上がりで、まだ生《なま》ものや脂《あぶら》っこいものが食べられねえとか……。それで、造《つく》りのところに鮑《あわび》の鍬焼《くわやき》を、揚物《あげもの》のところに利休卵をと思いやして……。口当たりがよいようにと、生地《きじ》に擂《す》り下ろした山芋《やまいも》を加えて仕上げたのでやすが、味見していただけやせんでしょうか」

萩焼《はぎやき》の片口鉢の中に笹《ささ》の葉が敷《し》かれ、一口大に切った利休卵がこんもりと盛られている。

「では、頂きましょうか。幾千代さんもいかがです？」

おりきが取り皿に利休卵を取り分ける。

「へえ……、これが利休卵ね。あちしは初めてだよ」

幾千代はそう言いながら利休卵を口に運び、驚いたといった顔をした。

「なんともまあ……。なんて濃厚《のうこう》な味なんだえ！　見た目は白くて高野豆腐《こうやどうふ》を想《おも》わせるが、口の中に入れた途端《とたん》にふわりとした卵の固まりが舌の上で砕《くだ》け、芳《こう》ばしい胡麻《ごま》の香りが口の中に広がっていくんだもの……。あちしは気に入ったね。おりきさんも食べてみるといいよ」

幾千代に言われ、おりきも口に運ぶ。

まさに、幾千代の表現は的確《てきかく》だった。

口の中に広がる芳ばしさと、濃厚な旨味《うまみ》……。

「巳之吉、大成功ですよ！　擂り下ろした山芋を加えたと言いましたが、以前頂いた利休卵よりもふわりとした感じがして、これなら病み上がりの方にも食べやすいと思いますよ」

巳之吉はほっと安堵の色を見せた。

「ところで、利休卵って、千利休《せんのりきゅう》が好んで食べたから、利休卵っていうのかえ？」

幾千代が口を拭いながら訊ねる。

おりきは急須《きゅうす》にお茶っ葉を入れながら、大概《たいがい》の人がそう思いますよね、と微笑んだ。

すると、巳之吉がおりきに代わって説明する。

「利休焼《りきゅうやき》、利休揚《りきゅうあげ》、利休蒲鉾《りきゅうかまぼこ》と、利休の名がついた料理には胡麻が使われていやすが、これは千利休が胡麻を好んだというわけではなく、利休が信楽《しがらき》とか伊賀《いが》の器《うつわ》を好んで使ったからで、焼物《やきもの》の地肌の景色やブツブツとした様子が胡麻を想わせるため、それで、胡麻を使った料理に利休なんとかという名がつくようになったそうでやす」

おりきも続ける。

「その中でも、利休卵ほど胡麻をたっぷりと使った料理はありませんのよ。白胡麻をねっとりと粘《ねば》りが出るまで擂《す》った中に卵を入れ、酒と醬油をほんの少し加えて蒸《む》すのですものね。今日は、その生地に摺り下ろした山芋が入っているので、それでふわりとした食べた感じがしたのですよ」

幾千代が目をまじくじさせる。

「味つけは少量の酒と醬油だけ……。へえェ、それでこんなにまったりとした風味合《ふうみあい》になるなんて……。ねっ、おりきさん、巳之さん、あちし、たった今思いついたんだけど、幾富士に食べさせたいんで、土産《おみや》を作ってくれないかえ？　これを食べると、あの娘《こ》も精《せい》がつくと思ってさ！」

おりきは巳之吉の目を瞠め、微笑んだ。

勿論《もちろん》、大丈夫ですよね？　という意味である。

「解りやした。では、早速《さっそく》、幾富士さんのために土産《おみや》を作りやしょう！」

巳之吉は爽《さわ》やかな笑顔を返した。

勇気とアカネの父親が判明したのは、三日後のことだった。

「父親《てておや》の名は歌川源基《うたがわげんき》。歌川派ではあんましパッとしねえ絵師だというんだがよ。で、餓鬼の名は悠基《ゆうき》に茜《あかね》……。あの餓鬼、白金から来たなんて言うもんだから、白金一丁目から十一丁目まで捜したんだが、なんと、白金猿町《しろかねさるちょう》も本立寺《ほんりゅうじ》の北というじゃねえか！　それで手間取っちまったんだが、この源基という男、ふてらっこい男でよ。餓鬼が姿を消したというのに、まったく気づいていねえのよ」

亀蔵は継煙管《つぎきせる》に甲州《こうしゅう》（煙草《たばこ》）を詰めながら、苦虫を嚙み潰したような顔をした。

おりきがお茶を淹れながら、驚いたように亀蔵に目をやる。

「気づいていないとは……。そんな、まさか！」

亀蔵は苦笑《くしょう》した。

「誰だって驚かァな？　ところが、その男、頭の中には絵のことしかありゃしねえ……。微塵芥子《みじんけし》ほども餓鬼のことなんて考えちゃいねえのよ。で、茶屋に餓鬼を連れて来た女ごのことだがよ。おりんという女ごなんだが、源基の女房お久里《くり》の従姉《いとこ》というんだが、お久里が茜を産んで三月後《みつき》に亡くなると源基の住まいに奇寓《きぐう》するようになり、餓鬼の世話やら家事一切《いっさい》をしていたというんだな。ところが、源基は美人画を生業《なり》とするため、女ごの出入りが激しい……。おりんにしてみれば、さぞや業《ごう》が煮《に》えたのだろうて……。そりゃそうよ、源基は絵を描くことしか頭になく、餓鬼がいることも忘れてるんだからよ。しかも、おりんは餓鬼の世話や家事だけでなく、夜は夜でおさすり（表向きは下女、実は妾）を務《つと》めさせられてよ。とはいえ、おりんは元々源基に惚れていた……。ところが、源基が女房に選んだのは従妹《いとこ》のお久里だ。おりんは歯《は》嚙《が》みしながらもお久里に取って代われる日を待っていたところ、お久里が産後の肥立《ひだ》ちが悪くて死んじまった……。おりんは家事や子供の世話をするといって源基の家に寄寓することに成功したってわけよ。そうなりゃ、いつかは源基の女房にしてもらえるのではと期待が膨《ふく》らむってもんだ。それで、お端女《はした》やおさすり紛《まが》いのことをしながらも辛抱《しんぼう》していたんだな。だがよ、源基の前には次から次へと女ごが現れる……。美人画を描《か》くためには仕方がないと解っていても、おりんはなんとか源基の目を自分だけに向かせたいと躍起《やっき》になったんだな。ところが、そうは虎《とら》の皮……。思い通りには事が運ばず、苛々《いらいら》が募《つの》るばかりで、それで、餓鬼がいなくなったら源基がどんな反応を見せるか試《ため》してみたくなり、腹いせに、餓鬼二人を置き去りにしたというのよ」

亀蔵は煙草盆《たばこぼん》を引き寄せると、灰吹《はいふ》きにパァンと雁首《がんくび》を打ちつけ、またもや、気を苛ったようにせかせかと煙管に煙草を詰めた。

「けれども、父親は子供がいなくなったことに気づかなかったのでしょう？　それが、わたくしには信じられませんわ」

おりきが首を傾げる。

「ああ、普通に考えればな……。だが、これまでも、餓鬼が周囲《まわり》にいると煩《うるせ》ェと源基が嫌がるものだから、おりんは餓鬼を表に連れ出していたらしいのよ。それでなくても乳飲み子の世話は大変《てえへん》だ。貰い乳をしなくちゃなんねえし、赤児《やや》がぐずると源基から煩《うるせ》ェと怒鳴られる。次第に憤懣《ふんまん》が溜《た》まっていき、鬱憤《うっぷん》のはけ口が、もの言えぬ茜へと向けられるようになった……。というのも、悠基は五歳ときて、妙な真似《まね》をすると、いつ告げ口をされるやもしれねえだろ？　それで、茜を虐待することで、胸の支《つか》えを晴らしてたんだな」

「けれども、いかに父親の目が絵のこと以外には向けられないといっても、子供の姿を見かけなくなったことくらい気づきそうなもの……」

「おめえが不審《ふしん》に思うのも無理はねえ……。けどよ、源基という男は元々餓鬼に愛着を持っていねえのよ。寧ろ、いなければせいせいするってなもんで、現《げん》に、俺が餓鬼がいなくなったことに何故気づかなかったのかと訊ねると、とほんとした顔をしやがってよ！　そう言えば、此の中、子供の声がしなかったような……、とこう来やがった！　置きャあがれってェのよ！」

亀蔵はよほど業腹《ごうはら》とみえ、胡座《あぐら》を掻いた膝を苛ついたように揺すった。

「しかもよ、何が気に食わねえって、あの野郎、言うに事欠《ことか》いて、現在《いま》、子供たちを世話してくれてるところが養護施設というのなら、そのまま預かってくれてもいいのだが……、とこうほざきやがってよ！」

まあ……、とおりきも開いた口が塞がらないといった顔をする。

「そんなことを……。それでは悠基ちゃんや茜ちゃんが可哀相ではありませんか」

「けどよ……」

亀蔵が改まったように、おりきを瞠めた。

「俺もそう思った……。どんな親であれ、親は親、血は水よりも濃《こ》いからよ。けどよ、絵を描くことと女ご以外には関心のねえ、源基のような男が親といえるか？　愛情のひと欠片《かけら》も持ち合わせてねえんだぜ。それによ、母親代わりのおりんもおりんだ！　おりんの目は源基にしか向いていなくて、源基を独り占めに出来ねえ腹いせに、赤児《やや》を虐待してみたり、置き去りにするような女ごなんだからよ」

おりきもはたと考えた。

常識で考えれば、子は実の親の下《もと》で育てられるべきである。

だが、果たして、悠基や茜の場合、それで幸せといえるだろうか……。

「何しろ、源基もおりんも、悪いことをしたとは寸毫《すんごう》も思っちゃいねえ……。それなのに、俺たちがこのまま悠基たちを親の元に返してみな？　奴ら、平気で同じことをするに違《ちげ》ェねえんだ！　此度《こたび》は、たまたま悠基たちを置き去りにしたのが立場茶屋おりきだったがよ、別の場所でやられた日にゃ、目も当てられねえ……。あの二人は子供屋《こどもや》に売り飛ばされていたかもしれねえんだぜ」

亀蔵の子供屋という言葉に、おりきは縮《ちぢ》み上がった。

三吉《さんきち》のことを思い出したのである。

酒代欲しさに、糟喰《かすくらい》（酒飲み）の父親から売り飛ばされた三吉は、男娼《だんしょう》になることに抵抗した挙句《あげく》、耳が聞こえなくなるほど折檻《せっかん》されたのである。

誰であれ、二度と、三吉のような目に遭《あ》わせてはならない……。

だが、おりきは亀蔵のたまたまという言葉に引っかかった。

「今、親分はたまたまとおっしゃいましたが、では、おりんさんはうちがあすなろ園をやっていると知らないで、茶屋に子供たちを置き去りにされたのですね」

亀蔵が頷く。

「知らなかったんだとよ。あの日も表で悠基を遊ばせていたら、たまたま四ツ手が通りかかってよ。悠基がおいらも乗りてェと呟いたもんだから、その瞬間、おりんの脳裡《のうり》を邪な気持が駆け抜けたんだとよ……。それで、おりんは悠基に乗せてやってもいいよと囁くと、どこでもいいから極力《きよくりよく》遠くまで連れて行ってくれと六尺《ろくしやく》（駕籠《かご》昇き）に言ったそうだ。海晏寺を選んだのは六尺の采配《さいはい》でよ。恐らく、現在《いま》の季節なら、紅葉狩りだろうと気を利《き》かせたんだろうて……」

「まあ、それで、立場茶屋おりきに……」

「餓鬼に中食を食べさせようと思ったんだろうが、茶屋がやけに立て込んでいたうえに、客と茶立女の間でちょいとしたいざこざがあってよ。それを見て、子を置き去りにするには絶好の機宜《きぎ》と思ったそうでよ。案の定、客や茶屋衆の目は一斉に騒ぎへと注《そそ》がれ、おりんが餓鬼を置いて出ていくのに誰一人気づかなかったそうでよ」

では、たまたまにたまたまが重なって、悠基と茜はあすなろ園に来ることになったのだ……。

してみると、やはり、これは宿命《さだめ》なのかもしれない。

だが、肝心《かんじん》の悠基の気持はどうなのであろうか。

おいら、おばちゃん、好きじゃない……。

悠基はおりんのことをそう言ったが、父親を好きでないとは言わなかった。

子供というものは、どんなに叱られようが殴《なぐ》られようが、親のことが好きで好きで堪《たま》らないものである。

現に、大晦日《おおつごもり》の日に彦蕎麦に置き去りにされた芳樹《よしき》など、賭場の手入れで大番屋送りとなった父親を、何があろうと、飽《あ》くまでも信じようとしたではないか……。

「ちゃん、どうしたの？　痛いの？　だったら、おいら、ちゃんにちちんぷいぷいをしてあげる！　ちちんぷいぷい、痛いの痛いの、飛んで行け！」

「ほら、飛んでった！　ねっ、治っただろ？」

番屋での別れの際、潮垂れる父の時蔵《ときぞう》に、そう呪《まじな》いを唱《とな》えた芳樹……。

時蔵は芳樹の身体をぐいと両腕で抱え込むと、堪《こら》えきれずに、おいおいと泣き声を上げた。

「いい子にしてるんだぞ……。皆の言うことを聞くんだぞ。風邪《かぜ》引くな。寝しなに水を飲んで、いびったれ（おねしょ）るんじゃねえぞ……。ちゃんは必ずおめえを迎えに行くからよ」

「おいら、いびったれない。いい子にするから、ちゃん、早く帰って来てね」

こうして、父子《おやこ》は泣く泣く別れたが、これが血の繋《つな》がった親子というものではなかろうか。

そうして、江戸《えど》十里四方追放《じゅうりしほうついほう》となった時蔵と再会した、芳樹と時蔵……。

たまたま節分《せつぶん》の日とあり、亀蔵の粋《いき》な計《はか》らいで、芳樹は貴布禰《きふね》神社（現荏原《えばら》神社）で鬼の面をつけた時蔵に抱き締められたのだった。

「ちゃ、ちゃん、もうどこにも行かないよね？」

「ああ、行かねえ。おめえの傍を離れるもんか……」

「おいら、ちゃ、ちゃんと約束したように、い、いびったれなかったよ。いい子にしていたよ……」

「ああ、解ってる。おめえ、いい子にして、ちゃ、ちゃんが帰《けえ》るのを待っていてくれたんだもんな」

まるで、絵に描いたような父子《おやこ》の対面となったのである。

その後、時蔵は芳樹を連れ、生まれ故郷の小田原《おだわら》へと帰って行ったが、恐らく今頃は、海とんぼ（漁師《はま》）をしながら、倹《つま》しくとも幸せに暮らしているに違いない。

芳樹は手慰《てなぐさ》みに嵌った父親に置き去りにされても、その父が大番屋送りになっても、必ず、自分を迎えに来てくれると信じていたのである。

子供というものは、なんと純真なものであろうか……。

だから、悠基も心の底で父親のことをなんと思っているのか解らない。

「親分……」

おりきは亀蔵を瞠めた。

「この後、どうなるにせよ、一度、悠基ちゃんたちをお父さまに逢わせてみようではありませんか」

亀蔵もおりきに目を据える。

「そうさなあ……。人の心ほど計れねえものはねえからよ。案外、源基って男は、てめえの心を素直に認めるのが照れ臭《くせ》ェだけで、あれでも、わが子に逢えば、本音《ほんね》をぽろりと漏《も》らすかもしれねえしな……。だが、おい、そんときは、おりきさんも立ち会《あ》ってくれるんだろうな？　あの男にここまで来いと言ったって来やしねえだろうから、こっちが餓鬼を連れて白金猿町までいくことになるんだがよ」

おりきは亀蔵の目を真っ直ぐに見据《みす》え、勿論、わたくしも参りますわ、と答えた。

翌日、おりきは亀蔵と共に白金猿町を訪ねた。

四ツ手の一台におりきが茜を抱いて乗り込み、もう一台に亀蔵が悠基と一緒に乗った。

悠基は家に帰れることより四ツ手に乗れることのほうが嬉しいと見え、大燥《おおはしや》ぎであった。

茜はキヲからたっぷりと貰い乳をして、現在《いま》は、おりきの胸の中ですやすやと眠っている。

源基の割長屋《わりながや》は本立寺の北側にあった。

二階家で、一階に厨《くりや》や厠、土間、六畳間が二つあり、二階に六畳間と八畳間といった比較的ゆったりとした間取りであった。

どうやら、二階が源基の仕事部屋となっているようで、訪《おとな》いを入れると、上総木綿《かずさもめん》に前垂《まえだ》れ、襷掛《たすきが》けといった恰好の源基が、おりんに呼ばれて渋々と二階から下りてきた。

三十路《みそじ》がらみで、ちょいとした様子のよい男である。

おりんは三十路半《なか》ばであろうか、目尻の吊《つ》り上がった、権高《けんだか》な面差《おもざ》しをしていた。

二人とも、悠基と茜の姿を見て、呆然とした。

呆然というより、困じ果てた顔をしたといったほうがよいかもしれない。

が、亀蔵が悠基を前に押し出し、この子はおめえの息子に違《ちげ》ェねえな、と言うと、別に悪びれるふうでもなく、へい、と頷いた。

ところが、父親に再会して悦ぶかと思った悠基が、亀蔵の背にくるりと廻り、顔を隠してしまったのである。

「あら、悠基ちゃん、どうしました？　おとっつァまですよ」

おりきが屈《かが》み込むと、悠基は恐《おそ》る恐る顔を出し、またもや、さっと顔を隠した。

おりきが弱り果てたように、亀蔵を窺う。

すると、源基がチッと舌を打った。

「まったく、可愛げのねえ餓鬼だぜ！　へっ、手間を取らせやした。いいから、そこら辺にうっちゃって、お引き取り願いやしょうか」

その言葉に、亀蔵の鶏冠《とさか》に血が昇《のぼ》った。

「おう、てめえ、いい加減《かげん》にしな！　餓鬼を置き去りにしただけでもふてェ話だというのに、この数日、我が子が世話になった礼のひとつも言えねえのかよ！」

源基はひょいと顎をしゃくった。

「そいつァ済まなかったな。礼を言うぜ」

「この置いて来坊《きぼう》が！　それが礼を言う態度かよ。大体《でえてえ》よ、てめえの餓鬼がいなくなったのに気づかねえ親がどこにいようかよ！　絵のことで頭が一杯《いっぺえ》で、餓鬼のことまで考えが及ばなかっただと？　てんごう言うもんじゃねえや！　そんな親がいて堪るもんか！」

「だからよ、俺ャ、親の資格がねえのよ。こんな親じゃ気に入らねえというんなら、いつだってくれてやらァ！　煮て食おうと焼いて食おうと、好きにしてくんな」

「この糞《くそ》！」

亀蔵が拳《こぶし》を突き上げる。

おりきはその手首をさっと摑んだ。

「親分、止しましょう。この人たちに何を言っても通じませんよ」

おりきは柔術指南《じゅうじゅつしなん》立木青雲斉《たちきせいうんさい》の娘である。

幼い頃より父の下で新起倒流《しんきとうりゅう》を学んだおりきは、片手に茜を抱いていても、難なく、亀蔵の手首を反対側に捩《よじ》れる。

亀蔵もそれを知ってか、素直に腕を下ろした。

おりきは鋭い視線を、源基とおりんに投げかけた。

「では、お二人にお訊ねします。本当に、おまえさまは悠基ちゃんや茜ちゃんが要らないとお言いなのですね？」

源基は一瞬呆然としたが、おりんを流し見ると、へい、と頷いた。

おりんは終始《しゅうし》目を伏せたままである。

おりきは腰を屈め、悠基の顔を覗き込んだ。

「悠基ちゃん、あすなろ園に帰りましょうか？　おとっつァまやおばちゃんには逢えなくなるけど、それでも構わないかしら？」

悠基は円らな瞳をおりきに向け、こくりと頷いた。

「よし、それで決まりだ！　おっ、源基、言っとくが、今後はおめえと二人の子は、親でもなければ子でもねえ……。気が変わったとか、てめえの都合で返《けえ》してくれと言うんじゃねえぜ。いいか、耳をかっ穿《ぽじ》ってよく聞けや！　この女将が二人の子を預かると言ったのは、おめえのような奴らは、餓鬼が金になると知ったら、いつ、子を銭に替えるかしれねえと思ったからなんだ。いいな、この俺が証人だ。妙な真似をしやがったら、許さねえからよ！」

「へい。申し訳ありやせんでした。どうか、二人のことを宜《よろ》しくお頼み申しやす」

源基は殊勝《しゅしょう》にも、深々と頭を下げた。

「ごめんね、悠基。おばちゃん、疲れちまったんだよ……」

おりんは前垂れで顔を覆うと、ワッと泣き出した。

帰り道、四ツ手を拾おうと二本榎町《にほんえのきちょう》までぶらぶらと下りて行きながら、亀蔵がぽつりと呟いた。

「あいつら、結句、茶の一杯《いっぺえ》も出さなかったぜ。それどころか、上がれとも言わず、俺たちを土間に突っ立たせたままだったとはよ……」

「まさか、わたくしたちが子供を連れて行くとは思っていなかったので、よほど恐慌《きょうこう》を来《きた》したのでしょうよ。強がりを言っていましたが、内心では大風が吹いていたのだと思いますよ」

「だがよ、悠基たちのためには、これで良かったのだろうて……。あの父親《てておや》じゃ、改心《かいしん》するなんてことはまず以《もっ》て無理だろうし、おりんに委せておいたら、次は何をされるか分かったもんじゃねえからよ」

「何より、悠基ちゃんがあすなろ園に戻れると知って、見せた笑顔……。子供は正直ですからね。わたくしね、此度のことは子供が親に捨てられたのではなく、親が子に捨てられたのだと思いますよ」

「おっ、そいつァいいや！」

「いずれにしても、悠基ちゃんと茜ちゃんをしっかりと育てていかなければなりません。責任重大ですわね」

「悠基はまだいいとしても、茜が乳飲み子だからよ。キヲが海人と茜の二人の世話をするのだから、大変《てえへん》だ」

「大丈夫ですよ。貰い乳はキヲさんに頼むより手がありませんが、榛名さんもいれば、貞乃さまもいるのですもの。なんとかなるものですよ」

「おお、榛名よな……。乳を飲ませるのは無理だとしても、あいつは娘を育てた経験がある。亡くした娘が生まれ変わってきてくれたと思えばいいんだしよ」

「それに、茜ちゃんもそろそろ離乳《りにゆう》の頃かと……。大人だけでなく、それこそ、おねちゃんやみずきちゃん、おせんちゃんたちが妹が出来たと思って、可愛がってくれるでしょうしね」

おりきがそう言うと、亀蔵がくくっと肩を揺すった。

どうやら、思い出し笑いをしているようである。

おりきが不思議そうに亀蔵を見る。

「いや、この前《めえ》、みずきがこうめに向かって言った言葉を思い出してよ。みずきの奴、先《せん》に、俺がこうめの腹に赤児《やや》が出来たんじゃねえかと早とちりをしたことを憶《おぼ》えていてよ。おっかさん、みずき、うちにも赤ちゃんが生まれたらいいなって思ってたけど、もういいからね、と大真面目《おおまじめ》な顔をして言うのよ。俺がなんでなのかと訊ねると、あすなろ園に茜ちゃんて赤児《やや》が来たからだ、貞乃先生が皆の妹だと思っていいよって言ったから、みずきには妹が出来たんだ、海人ちゃんていう弟もいるし、そんなに一度に弟や妹が出来たんじゃ、みずきは忙しくて堪らない、だから、うちにはもういいのって、そう言うのよ。いかにも子供らしい発想だが、しかつめらしい顔をして言うみずきが可愛くってよ！　へへっ、つい、みずきのことを思い出したのよ……」

亀蔵は照れたように頬を弛めた。

つがもない……。

最後は、しっかり爺莫迦《じじばか》である。

「ねっ、四ツ手がいたよ！　早く、早く……」

悠基が高野寺《こうやじ》の前で客を降ろした四ツ手に向かって、駆けて行く。

「一台しか見当たりませんね。では、親分、悠基ちゃんを乗せて先に戻って下さいな」

「おめえは？」

「四ツ手が見つかるまで、もう少し歩いてみます。いずれにしても、高輪北町《たかなわきたちょう》まで下りると、客待ちの四ツ手がいるでしょうから」

「じゃ、悠基もいることだし、そうさせてもらおうか。気をつけて帰《け》えるんだぜ！」

亀蔵がそう言い、高野寺の前で待つ四ツ手に向かって歩いて行く。

そろそろ七ツ（午後四時）が近いのであろう。

秋の陽《ひ》は釣瓶《つるべ》落とし……。

西陽に空が茜色《あかねいろ》に染まっている。

空きの四ツ手が見つかったのは、高輪北町に向けて下りて行った、東禅寺《とうぜんじ》の前であった。

「品川宿門前町の立場茶屋おりきまで行って下さいな」

六尺に声をかけて四ツ手に乗り込むと、眠っていた茜が目を醒ました。

「おや、目が醒めましたか。茜ちゃん、お利口《りこう》さんね。ちっともぐずらないで、いい娘《こ》ですこと」

茜は黒目がちの瞳をおりきに据え、じっと瞠めている。

穢《けが》れなき、無垢《むく》な瞳……。

こんなに愛《いと》しい娘《こ》を要らないなんて……。

子は親を選んで生まれてくることは出来ない。

歌川源基を父として生まれたのも、母を早くに亡くしたのも、この娘《こ》が持って生まれた宿命《さだめ》だとすれば、あすなろ園に来ることになったのも、この娘の宿命……。

大丈夫ですよ。わたくしたち皆で、あなたたち兄妹《きょうだい》を慈《いつく》しみ、護《まも》りますからね。

おりきは胸の内で呟き、そっと茜の頭を撫でた。

つんと、乳の匂いが鼻を衝く。

おりきは愛しさのあまり、茜の頰に我が頰を寄せた。

はァん、ほ、はァん、ほ……。

先棒《さきぼう》と後棒《あとぼう》の掛け声が軽やかに流れてくる。

どうやら、歩行新宿《かちしんじゆく》まで戻ったようである。


茶屋の前で四ツ手を降りると、おうめが息せき切って、旅籠の通路から飛び出して来た。

「女将さん、大変です！　おきちが……」

おうめは血相《けつそう》を変えていた。

「おきちが？　えっ、一体、何があったのです」

おりきは六尺に駕籠賃《かごちん》を払うと、おうめの傍まで寄って行く。

「いないんですよ」

「いない？」

「おみのの話では、一刻《いっとき》（二時間）ほど前に遣いの男から文を手渡され、飛び出して行ったきりだというんですよ」

「文……。一体、誰から文が届いたというのですか？」

「それが、筏宿の茂兵衛からの遣いで、紅葉が綺麗《きれい》なので海晏寺まで出て来ないかと書いてあったそうなんですよ。あたしがいれば絶対に行かせやしなかったのに、おみのは茂兵衛が名うての女誑《おんなたら》しだと知らないものだから、七ツまでならいいよって許したそうなんですよ。そしたら、おきちったら、先日茂兵衛から貰った簪を挿《さ》して、じょなめいた仕種《しぐさ》で出掛けたというじゃないですか！　申し訳ありません。あたしが出掛けていたもんだから、あの娘《こ》がいないことに気づくのが遅くなっちまって……」

おうめが泣き出しそうな顔をする。

「海晏寺なのですね。解りました。わたくしが見て参りますので、茜ちゃんをキヲさんの元に返して下さいな」

おうめは仕こなし顔に頷いた。

「ああ、やっぱり、この娘《こ》、あすなろ園に戻って来ることになったんですね！」

そう言うと、ちょいと茜の頰を指でつつく。

やはり、口には出さずとも、皆、そんなふうに思っていたのである。

おりきは海晏寺へと足早《あしばや》に歩きながら、何ゆえ、茂兵衛がおきちを呼び出したのであろうか……、と考えた。

先日の失態を詫《わ》び、謝礼の意味でおきちに簪をくれたことまでは、まだ理解できる。

だが、紅葉が綺麗なので、海晏寺まで出て来ないかとは……。

ここまで来れば、茂兵衛の狙《ねら》いは明らかにおきち……。

やはり、あのとき、はっきりとおきちに釘《くぎ》を刺しておくべきだった。

初恋は誰しもが通る道……。

極力、淡い思い出として残しておいてやりたいと思ったのが、浅はかだったのである。

おりきの心は千々《ちぢ》に乱れた。

が、品川寺《ほんせんじ》の前に差しかかったときである。

おきちが潮垂れ、西陽を背にした恰好で、俯き加減に歩いて来るのが目に留《と》まった。

「おきち……」

おりきが小走りに寄って行く。

おきちはハッと顔を上げると、一瞬怯《おび》えたような表情を見せたが、すぐに顔を歪《ゆが》めた。

「あたし……、あたし……」

おきちの目に涙が盛り上がる。

「おうめから聞きました。おまえ、茂兵衛さんに逢いに行ったのですって？」

おきちの頬をつっと涙が伝い落ちる。

「けど、来なかった……」

おりきは腕を廻し、おきちの身体を抱え込んだ。

紅葉を見に来ないかと誘い出しておきながら、茂兵衛が来ないとは一体どういうことなのであろう……。

「茂兵衛さんが来なかったというのですね？」

「あたし、指定された場所に佇《たたず》み、一刻近くも待ったのよ。けど、七ツを過ぎたし、お客さまが旅籠入りをされるまでには帰らないとと思って、戻ろうとしたの。そしたら……」

おきちが項垂《うなだ》れ、しゃくり上げる。

「茶店に坐っていた二人連れの男が寄って来て、おめえ、凄《すげ》ェじゃねえか、新記録を作ったぜ！　と二人して嗤うの。あたし、なんのことだか解らなかったけど、男たちの顔を見て、あっと息を呑んだの。だって、男の一人が茂兵衛さんからの遣いだとい って文を持って来た男《ひと》だったんだもの……」

おきちは悔しそうに唇をきっと嚙み締め、男たちに騙されたのだと話した。

「その男《ひと》ね、茂兵衛が女ごに簪を贈るのは今に始まったことではなく、自分は櫛簪《くしかんざし》や小間物《こまもの》を扱う担《にな》い売りだが、茂兵衛にはいつも贔屓《ひいき》にしてもらっていて、女ごの元に簪を配達する役目を仰《おお》せつかってるもんだから、あるときから、茂兵衛の名を騙《かた》って女ごを呼びだし、待ちぼうけを食らった女ごが最長どのくらい待つかを友達《だち》と賭《か》けて遊ぶようになったんだって言うの……。それで、これまでの女ごは大概が四半刻《しはんとき》（三十分）、長くて半刻が限度だったのに、おめえは一刻近くも待ったんだから、驚き桃の木、呆れ蛙《かえる》に小便《しょんべん》とはこのことよって、腹を抱えて嗤うの……。あたし、悔しくって、恥ずかしくって……。夢中で逃げ出してきたの」

おきちが肩を顫《ふる》わせる。

おりきはおきちの肩をそっと抱え込んだ。

「そう、泣きなさい……。うんと泣くといいわ。涙で悔しさや恥ずかしさ、それと共に、茂兵衛さんのこともきれいさっぱり流してしまいましょうね」

「はい。おっか……、女将さん、あたし、莫迦《ばか》でした」

「現在《いま》は、おきちとわたくししかいないのですもの、おっかさんでいいのよ。そう、解ってくれたのね。殿方の中には、無闇《むやみ》に女心を操り、それが男の甲斐性《かいしょう》のように思う男《ひと》がいます。此度、おきちは良い経験をしたのですよ。決して、無駄ではなかったのですからね。そうして、少しずつ人を見る目を養《やしな》っていくのです。このわたくしも、そうして、大人になっていったのですからね」

「はい」

おきちが顔を上げる。

おりきは胸の間《あわい》から懐紙《かいし》を取り出すと、おきちに手渡した。

おきちがこくりと頷き、涙に濡れた目を拭う。

島田《しまだ》に結《ゆ》った髷《まげ》で、花簪《はなかんざし》がちらちらと揺れている。

おきちの頬が夕陽を受けて、紅葉の色に染まっていた。

「さあ、戻りましょうか」

おりきはそっとおきちの背に手を廻した。

街道筋のそこかしこに、紅葉や銀杏《いちょう》の絨毯《じゅうたん》が敷き詰められている。

紅葉《こうよう》の季節も、あと僅《わず》か……。

自然は山笑い（春）、滴《したた》り（夏）、粧い（秋）、眠る（冬）。

人の世も、また然《しか》り……。

おりきはカサッコソッと落葉《おちば》を踏み締め、ふっと頬を弛めた。

「おきち、急ぎましょうか！」

本書は時代小説文庫（ハルキ文庫）の書き下ろし作品です。

時代小説文庫
い6-20

こぼれ萩《はぎ》 立場茶屋《たてばぢゃや》おりき

著者 今井絵美子《いまいえみこ》
2012年9月18日第一刷発行

発行者 角川春樹

発行所 株式会社 角川春樹事務所
〒102-0074 東京都千代田区九段南2-1-30 イタリア文化会館

電話 03(3263)5247[編集] 03(3263)5881[営業]

印刷・製本 中央精版印刷株式会社

フォーマット・デザイン&シンボルマーク 芦澤泰偉

ISBN978-4-7584-3684-7 C0193
http://www.kadokawaharuki.co.jp/[営業]
fanmail@kadokawaharuki.co.jp[編集] ご意見・ご感想をお寄せください。

時代小説文庫

今井絵美子
母《おや》子《こ》燕《つばめ》 出入師夢之丞覚書

書き下ろし

半井夢之丞は、深川の裏店で、ひたすらお家再興を願う母親とふたり暮らしをしている。亡き父が賄を受けた咎で藩を追われたのだ。鴨下道場で師範代を務める夢之丞には〝出入師〟という裏稼業があった。喧嘩や争い事を仲裁し、報酬を得ているのだ。そんなある日、呉服商の内儀から、昔の恋文をとり戻して欲しいという依頼を受けるが……。男と女のすれ違う切ない恋情を描く「昔の男」他全五篇を収録した連作時代小説の傑作。シリーズ、第一弾。

今井絵美子
星の契 出入師夢之丞覚書

書き下ろし

七夕の日、裏店の住人総出で井戸浚いをしているところに、伊勢崎町の熊伍親分がやって来た。夢之丞に、知恵を拝借したいという。二年前に行方不明になった商家の娘・真琴が、溺死体で見つかったのだが、咽喉の皮一枚残して、首が斬られていたのだ。一方、今度は水茶屋の茶汲女が消えた。二つの事件は、つながっているのか？（「星の契」）。親子、男女の愛情と市井に生きる人々の人情を、細やかに粋に描き切る連作シリーズ、第二弾。

時代小説文庫

今井絵美子

鷺の墓

書き下ろし

藩主の腹違いの弟・松之助警護の任についた保坂市之進は、周囲の見せる困惑と好奇の色に苛立っていた。保坂家にまつわる因縁めいた何かを感じた市之進だったが……(「鷺の墓」)。瀬戸内の一藩を舞台に繰り広げられる人間模様を描き上げる連作時代小説。「一編ずつ丹精を凝らした花のような作品は、香り高いリリシズムに溢れ、登場人物の日常の言動が、哲学的なリアリティとなって心の重要な要素のように読者の胸に嵌め込まれてくる」と森村誠一氏絶賛の書き下ろし時代小説、ここに誕生!

今井絵美子

雀のお宿

書き下ろし

山の侘び寺で穏やかな生活を送っている白雀尼にはかつて、真島隼人という慕い人がいた。が、隼人の二年余りの江戸遊学が二人の運命を狂わせる……。心に秘やかな思いを抱えて生きる女性の意地と優しさ、人生の深淵を描く表題作ほか、武家社会に生きる人間のやるせなさ、愛しさが静かに強く胸を打つ全五篇。前作『鷺の墓』で「時代小説の超新星の登場」であると森村誠一氏に絶賛された著者による傑作時代小説シリーズ、第二弾。

(解説・結城信孝)

時代小説文庫

今井絵美子
美作の風

津山藩士の生瀬圭吾は、家格をおとしてまでも一緒になった妻・美音と母親の三人で、つつましくも平穏な暮らしを送っていた。しかしそんなある日、城代家老から、年貢収納の貫徹を補佐するように言われる。不作に加えて年貢加増で百姓の不満が高まる懸念があったのだ。山中一揆の渦に巻き込まれた圭吾は、さまざまな苦難に立ち向かいながら、人間の誇りと愛する者を守るために闘うが……。市井に生きる人々の祈りと夢を描き切る、感涙の傑作時代小説。（解説・細谷正充）

今井絵美子
蘇鉄の女《ひと》

化政文化華やかりし頃、瀬戸内の湊町・尾道で、花鳥風月を生涯描き続けた平田玉《ぎょく》蘊《うん》。楚々とした美人で、一見儚げに見えながら、実は芯の強い蘇鉄のような女性。頼山陽と運命的に出会い、お互いに惹かれ合うが、添い遂げることは出来なかった……。激しい情熱を内に秘め、決して挫けることなく毅然と、自らの道を追い求めた玉蘊を、丹念にかつ鮮烈に描いた、気鋭の時代小説作家によるデビュー作、待望の文庫化。